MON DOUDOU DIVIN

DU MÊME AUTEUR

Le Mec de la tombe d'à côté, Gaïa, 2006, 2010 ; Babel nº 951.
Les Larmes de Tarzan, Gaïa, 2007 ; Babel nº 986.
Entre Dieu et moi, c'est fini, Gaïa, 2007 ; Babel nº 1050.
Entre le chaperon rouge et le loup, c'est fini, Gaïa, 2008 ; Babel nº 1064.
La fin n'est que le début, Gaïa, 2009 ; Babel nº 1086.
Le Caveau de famille, Gaïa, 2011 ; Babel nº 1137.
Mon doudou divin, Gaïa, 2012.
Les Cousins Karlsson, Gaïa / Thierry Magnier, 2013.

Titre original :
Mitt himmelska kramdjur
Éditeur original :
Alfabeta Bokförlag, Stockholm
© Katarina Mazetti, 2007

© Gaïa Éditions, 2012
pour la traduction française
ISBN 978-2-330-01879-5

KATARINA MAZETTI

MON DOUDOU DIVIN

roman traduit du suédois
par Lena Grumbach et Catherine Marcus

BABEL

Écris tes poèmes d'un seul souffle
Comme le bûcheron abat un arbre
Comme le samouraï se rue sur un adversaire
    redouté
Comme tu fends une pastèque mûre avec un
couteau affûté
Ou croques une poire.
Tous les vers ne sont de toute façon qu'une vaste
    plaisanterie.

N'essaie pas d'emprunter le chemin des sages
Cherche ce qu'ils cherchaient.

BASHŌ (1664-1694)

Extrait de Circulaire, *n° 21*

Ils étaient issus d'horizons divers et n'avaient qu'une seule chose en commun :

Aucun n'entretenait de relation avec le bonhomme surnaturel et barbu qui passait ses journées sur un trône là-haut dans la stratosphère à trier les chèvres des moutons.

Ils n'avaient pas non plus le moindre désir de se mettre à quatre pattes plusieurs fois par jour pour prouver leur fidélité à une météorite noire. Ils n'adoraient ni ancêtres ni statues de pierre pas plus qu'ils n'espéraient l'arrivée de la grande comète. Mais ils ne se considéraient pas non plus uniquement comme un produit d'ADN assemblé par le hasard.

Avec une présomption frôlant la bêtise, ils tenaient pour démodées les pensées façonnées par les millénaires et considéraient comme leur droit et leur devoir de tourner le dos à tout cela pour passer à autre chose, avec les moyens dont ils disposaient : leurs réflexions, leurs rêves, leurs idées, leurs besoins.

Ils sont arrivés au lieu de stage et se sont installés dans les chambres affreuses et pleines de courants d'air, meublées de lits superposés en pin déclassé

dont les matelas avaient sans doute quelques his-
toires peu ragoûtantes à raconter sur les hommes
et leurs corps. Ils ont frissonné un peu et tourné le
regard vers le haut, vers l'intérieur, ailleurs. Une
petite contrariété de cet ordre ne viendrait certai-
nement pas s'interposer entre eux et leur mission.

La mienne était d'apprendre ce qui les avait
menés jusque-là, je voulais explorer une force
motrice si puissante qu'elle semblait faire trembler
les assises du monde, tant celui qu'on voit que celui
qu'on porte en soi.

(Extrait du premier article de la série "Chacun
à sa façon", reportage sur un stage à La Béatitude
par Wera Bodhin. Le magazine culturel *Circulaire*,
novembre.

Ces articles ont été écrits sur un ordinateur portable placé sur une chaise bancale, au cours du mois
d'octobre.)

1

Wera

Comment me suis-je retrouvée à La Béatitude ?

Ben… faut bien gagner sa croûte. Je travaille comme journaliste free-lance dans une petite localité. Si petite que les automobilistes de passage sont sidérés de tomber sur le panneau "Merci de votre visite, à bientôt" alors qu'ils croyaient tout juste arriver. Oui, il est parfaitement possible de louper complètement la ville, si on n'y prend garde. Je projette de déménager, mais il faudra d'abord que ma vieille mère se décide à mourir, elle n'en a plus que pour un an ou deux, au grand maximum. On n'est pas les meilleures amies du monde, mais on observe une sorte de neutralité armée, et je suis son seul enfant.

Les piges haut de gamme atterrissent rarement sur les genoux des journalistes indépendants dans de si petites villes. Ici, pas la moindre affaire municipale louche à dégoter que toute la ville ne connaisse de longue date et qui n'ait déjà été largement punie par la surveillance citoyenne. Ou alors les coupables jouissent de la protection gracieuse de l'Homme Fort local (président de parti, sang bleu ou gros contribuable) et les articles ne sont pas publiés. Je mets du beurre dans les épinards en faisant des piges pour des magazines nationaux et des suppléments du dimanche, mais les alouettes viennent rarement voleter toutes rôties autour de moi.

J'étais donc en train de pister des scoops, le nez dans le bitume, comme d'habitude. Tous mes articles ayant déjà été payés, je n'avais plus de rentrées d'argent, et mon compte en banque se vidait lentement mais sûrement.

Puis un jour j'entre dans la supérette en bas de chez moi et je trouve une petite annonce sur le tableau d'affichage, parmi les offres de baby-sitting et de skis d'occasion. Elle était écrite à la main, le bord inférieur divisé en petits talons détachables soigneusement marqués à la règle, avec un numéro de téléphone. *Stage à La Béatitude* clamait l'en-tête tracé aux feutres de toutes les couleurs avec une écriture qui tenait du cours du soir de calligraphie. Grande majuscule avec un serpent joliment dessiné et en bas à côté, une pomme.

Si j'avais vu cette annonce dans une de ces revues New Age indigestes, je ne lui aurais pas accordé la moindre attention.

Tu es à la recherche d'une foi ? D'un mode de vie ? Tu essaies de trouver ton Dieu au moyen de cérémonies et rituels divers, tu te laisses absorber par différentes doctrines – pour les abandonner aussitôt ? Alors tu aimerais peut-être nous accompagner au domaine de La Béatitude, pour trois semaines de stage en octobre, et essayer de trouver – ou de créer – ta propre foi en toute tranquillité, de forger ta propre image d'un dieu, de suivre ta voix intérieure. Seul et dans la rencontre avec d'autres, en quête comme toi. Nous concevons ce stage comme un cercle d'études et notre but n'est pas de gagner de l'argent sur ton dos, nous participons aussi et nous ne facturons que la nourriture et le gîte. Appelle-nous ! Adrian et Annette.

Puis tout en bas, un PS en grosses lettres d'imprimerie : *Attention !!! Nous ne détenons pas de réponses !*

Un stage pour créer son propre dieu ! Ça a immédiatement fait tilt, pour la journaliste que je suis, mais aussi pour la personne privée. Certes, je n'étais pas activement préoccupée par la quête d'un dieu, mais j'ai tout de suite eu envie de savoir ce qui pouvait bien pousser les gens à chercher ! Ma truffe s'est mise à vibrer comme celle d'un limier. J'étais aussi à la recherche d'un bon sujet d'article à placer dans un magazine classieux, de ceux sur papier glacé qui payent bien. Quelque chose d'Authentique et de Grand Public, mais qui offre une Qualité pour lecteurs difficiles. Dans le genre chou farci pour la jet-set. Un pays comme la Suède, qui vient de vendre son État providence pour un plat de lentilles, se vautre volontiers dans la nostalgie du bien-être démocratique, de l'instruction pour tous, du bandy* et des remerciements fleuris aux maisons de retraite – et puis ce stage à La Béatitude avait aussi une touche philosophique, furieusement tendance par les temps qui courent. Sans parler des

---

* Lointain ancêtre du hockey sur glace, encore en vogue dans les pays nordiques et en Russie. *(Toutes les notes sont des traductrices.)*

aspects politiques : les antagonismes religieux sont devenus bien plus branchés que la défunte Guerre froide. Dans la peau clandestine d'une chercheuse de dieu, je m'appliquerais à explorer ce besoin de divin ! J'ai réussi à vendre l'idée à un rédacteur, pour un bon prix et tous frais payés. Rapports réguliers envoyés par mail. Heureusement, c'était possible avec mon téléphone portable, rien ne disait que des lieux de stage paumés à la campagne disposent d'une connexion.

Ensuite j'ai appelé le numéro sur le talon. "Annette", a répondu une voix qui aurait pu être celle d'une grande enfant quinquagénaire. J'ai visualisé une silhouette rouge henné ondoyant dans des cotonnades arc-en-ciel et parée de bijoux en forme de dauphins. Oui, il restait des places. Non, il n'y avait pas beaucoup d'inscrits – seulement six, en fait. (Seulement ? Qu'est-ce qu'ils avaient imaginé ?) Oui, c'était possible de payer en espèces à l'arrivée. J'aurais une chambre individuelle. Ce serait bien d'apporter un pull et des bottes en caoutchouc, et une bonne chemise de nuit en flanelle ne serait pas de trop, le chauffage étant assez capricieux. Petit rire gêné. Et si j'avais besoin d'accessoires pour mes rites, il y avait des navettes prévues pour la ville voisine tous les deux jours. (Accessoires ? Rites ? Mince alors, il allait falloir que je me bidouille un alias si je ne voulais pas faire tache dans leur Béatitude !) En revanche, Annette déconseillait la littérature, chacun devait d'abord chercher sa propre vérité avant d'adopter les modèles clés en main mis en circulation par d'autres. (Comment ça, modèles ?

Genre la Bible, *Le Capital* de Marx, le programme Flexi Points de Weight Watchers?)

Le soir avant de partir, j'ai fait une tournée des bars avec quelques amies. Elles étaient tout feu tout flamme à cette idée de ranger son existence pendant un petit moment pour "se constituer un compost spirituel", comme disait l'une d'elles. Entasser des expériences de vie diverses et variées, arroser avec des sagesses d'ici et d'ailleurs et peut-être se retrouver avec un riche humus dans lequel semer une vie nouvelle. Les bottes en caoutchouc et la chemise de nuit en flanelle nous ont fait hurler de rire : c'était génial, si terriblement suédois et à dix mille lieues des huttes de sudation indiennes, des Salutations au Soleil et des pyramides! Vers deux heures et demie du matin, chez moi, tout le monde était prêt à démarrer une nouvelle existence avec bottes en caoutchouc et chemise de nuit en flanelle. La flanelle, d'ailleurs – ça existe encore? Ensuite on a réfléchi à ce que je pourrais choisir comme "accessoires". Toutes ont apporté une pierre à l'édifice. L'une avait chez elle des bougies noires, vestiges d'une fête d'Halloween. Une autre a proposé sa collection de cailloux et de coquillages, une troisième des bougeoirs en argent et un châle en dégradés de bleu, grand comme un drap. "À La Béatitude, nous utilisons exclusivement des nappes d'autel en flanelle", a piaillé l'une et voilà le fou rire reparti. "Attention! Nous ne détenons pas de réponses!" a hoqueté une autre.

Le lendemain, j'ai réellement fait le tour pour collectionner quelques bidules que j'ai chargés dans le coffre de ma voiture. Les bougeoirs, le châle bleu et quelques gros coussins. Puis je me suis connectée à Internet pour vérifier quelques petits trucs. Seigneur ! Si Jésus devait un jour revenir, il lui faudrait se convertir en cybergourou, et il aurait à jouer des coudes. Sur HinduNet, on avait libre accès à des écrits ancestraux et à des milliers de dieux, tous disponibles en quadrichromie sur des mugs et des tee-shirts. Des sectes bizarroïdes en veux-tu, en voilà, certaines préconisant le suicide. Les sites sur le gnosticisme me donnaient le tournis et j'en savais encore moins après avoir tenté de les lire. Gaïa m'a semblé une idée à creuser, mais un certain nombre de centres pour âmes en peine et de groupements de sorcières lui avaient manifestement déjà mis le grappin dessus.

Et puis tout le reste, depuis Ananda Marga, la société Linbus et la Fédération familiale pour la paix et l'entente dans le monde jusqu'à Krishnamurti, les Bahá'ís et Summit Lighthouse ! Quel buffet somptueux pour les affamés de spirituel !

D'un point de vue religieux, je me représentais plutôt La Béatitude comme une banale biscotte tartinée de pâte de poisson ordinaire. Si quelqu'un là-bas s'avisait de prononcer les mots jaïnisme ou cosmologie de Martinus, je me casserais illico !

2

Madeleine

Avant le jour où je l'ai perdu, j'ignorais que le deuil était comme une sinusoïde, des hauts et des bas qui reviennent avec une régularité impitoyable. Quand on est sur la pente ascendante, on n'a jamais assez de recul pour voir à quel point on est près de retomber dans l'abîme, et quand on se trouve au fond, on ne voit que le gouffre. Je ne manquais pas d'amis bien intentionnés qui essayaient de m'ouvrir les yeux, ils me poussaient en avant avec de petites recommandations de bon sens comme quoi ça passerait, ça irait de mieux en mieux. Moi, j'étais entraînée dans le vertige de mes montagnes russes alors qu'eux étaient plantés là, solidement ancrés au sol, pour m'adresser leurs signes d'encouragement.

Certains jours je mettais donc des tenues gaies et colorées pour aller au bureau, je souriais à l'hôtesse d'accueil, je riais aux plaisanteries, jouissais du déjeuner et du soleil de la fin d'été en pensant que tant d'efforts seraient forcément suivis d'une délivrance. Bientôt la vie retrouverait ses trois dimensions et sa gamme complète de couleurs, après avoir été, depuis le Jour fatidique, un film muet en noir et blanc. Bientôt je pourrais rire sans que mon visage me fasse l'effet d'une construction de Lego en train de s'écrouler. En rentrant du boulot, je m'arrêtais à l'agence de voyages pour demander des catalogues et je prenais rendez-vous chez le coiffeur. Ces jours-là.

D'autres jours, j'avais un mal fou à mettre un pied devant l'autre, je m'enfermais dans mon bureau et débranchais le téléphone. Je passais les heures à fixer le calendrier sur le mur. J'avais marqué de ses initiales les jours où je terminais tôt et où nous pouvions passer l'après-midi ensemble, elles étaient désormais biffées au marqueur noir grande largeur. Ou alors je regardais le bouleau devant ma fenêtre, encore verdoyant et plein de sève en cette fin d'été, et je le haïssais d'être si ostensiblement vivant. Je ne prenais pas de déjeuner, rien que l'idée d'associer mes chairs périssables à une autre matière me répugnait. Quand la journée de travail était finie, je rentrais chez moi et écoutais le vacarme du silence. Si je prenais un livre et m'installais pour lire, je me demandais avec perplexité au bout d'un moment pourquoi je ne voyais plus le texte. La nuit était tombée sans que je m'en rende compte et sans que j'aie allumé de lumière.

Et que je sois perchée là-haut sur la crête des lames à sourire aux passants, ou que je sois dans le creux de la vague et me détourne du flot de visages dans la rue, je pensais : "Pour moi il n'y a que deux sortes de visages : le tien. Et celui des autres."

Ton visage n'existait plus. Comment pourrait-on exiger de moi d'être capable de distinguer ceux des autres ?

Mais les questions avaient déjà commencé à fourmiller en moi, elles étaient comme une infection dans mon corps, un peu comme les douleurs articulaires qui s'installent plusieurs jours avant qu'un rhume n'éclate. Les questions se transformaient en noyaux de pêches dans mon matelas. Il devenait impossible de dormir, elles enflaient sous la peau comme des furoncles quand j'appliquais ma crème de jour, elles se bousculaient et cherchaient à rompre la rigide langue administrative suédoise que j'utilisais au boulot, et s'efforçaient d'aller exploser à la figure du premier venu. J'écrivais : "La conjoncture présente nous oblige malheureusement à rejeter votre demande" et j'avais envie de hurler : "Qui m'a affectée à ce poste pour briser les espoirs des gens, qui m'a placée à ce jalon absurde du temps et de la géographie? Mes cellules cutanées vivent, meurent et se renouvellent, pourquoi? Et c'est quoi, ce que j'appelle « je »? D'ailleurs, pourquoi faut-il absolument que tout serve à quelque chose, et que « je » contribue à cette illusion-là en « me » comportant normalement?"

J'avais envie de disjoncter, de perdre le contrôle, de lâcher prise, de m'allonger au milieu de la chaussée sur un refuge pour piétons et de hurler à en faire éclater les vitres des voitures, j'avais envie de sauter dans un train express pour l'Europe, et de m'enfermer dans les toilettes jusqu'à ce qu'ils défoncent la porte et me jettent dans un cachot malodorant d'un trou perdu quelque part le long de la voie ferrée. Ensuite j'y vivrais ma vie, comme une autiste. Tout aurait pu faire l'affaire. Oui, n'importe quoi.

Mais je ne manquais jamais de régler mon radioréveil et j'envoyais des mails à d'autres "je" que je connaissais aussi mal que moi-même.

Que les factures soient payées, les poubelles descendues et les répondeurs téléphoniques écoutés ne signifie pas pour autant qu'on est vivant, n'est-ce pas ?

Si quelqu'un m'avait prise par la main et m'avait menée dans une direction quelconque à ce moment-là, je me serais docilement laissé conduire sur toutes sortes de sentiers. J'aurais pu me retrouver dans une secte où j'aurais pratiqué la glossolalie, ou devenir terroriste voire kamikaze bardé d'explosifs. Mais ce raisonnement ne sert peut-être qu'à flatter l'orgueil de ma triste personne, bureaucrate de quarante-trois ans, avachie et ordinaire : qui aurait envie de me prendre la main pour une telle aventure ?

Toujours est-il que personne ne l'a fait. Pas à ce moment-là.

Non, au lieu de ça, j'ai tout banalement repéré une petite annonce dans un magasin, maladroitement formulée et avec des talons à détacher. Quelqu'un qui n'a pas accès à un ordinateur, ai-je distraitement pensé, puis j'ai lu le texte.

… La Béatitude, trois semaines de stage en octobre pour trouver – ou créer – ta propre foi…

On était le 29 septembre. Ça faisait un moment que l'annonce était épinglée là, le papier était abîmé et plein de chiures de mouche. J'ai détaché un talon – j'étais la première à le faire.

J'ai aussi acheté un plat cuisiné surgelé puis je suis rentrée chez moi. Pendant qu'il chauffait dans le micro-ondes, j'ai écrit un pense-bête :

1) Poser un congé avec effet immédiat, évent. avec certificat du Dr Adolfsson, l'appeler ce soir

2) Loyer et factures, payer à l'avance
3) Plantes vertes : Karin ? Déposer la clé demain
4) Enregistrer nouveau message sur le répondeur
5) Faire les bagages

J'avais trouvé mon train express, restait plus maintenant qu'à m'y enfermer. J'ai appelé le numéro marqué sur le talon, j'ai scrupuleusement noté toutes leurs recommandations et transféré via Internet les frais d'inscription sur le compte indiqué.

J'ai longuement réfléchi à un moyen de l'emmener, car je ne supportais pas l'idée d'être sans lui. Pour finir, je l'ai fourré dans le sac à dos noir qui me sert habituellement à le transporter, en décidant de simplement ne pas répondre si on me posait des questions. Ensuite j'ai mis des vêtements appropriés dans un sac de voyage, j'ai choisi ceux que je porterais pendant le trajet, et je suis allée me coucher.

Cette nuit-là, pour la première fois depuis le Jour fatidique, j'ai dormi presque sept heures d'un trait. Au petit matin, j'ai sans cesse été réveillée par mes rêves. Il y était question de fardeaux que je trimballais, petits sacs à main brodés, gros paquets bosselés entourés de papier kraft marron et courrier soigneusement glissé dans des enveloppes à bulles. Je savais que tous contenaient mes questionnements. Vers sept heures, un cauchemar est venu frôler la Question interdite, celle dont étaient issues toutes les autres et autour de laquelle elles tournaient : elle était enfermée dans un sac noir bitumé, gluant et dégoulinant parce qu'il avait été jeté au fond de la mer. Et je savais que jamais, jamais je ne l'ouvrirais, si je pouvais l'éviter.

Dès le lendemain midi, mon existence habituelle était soigneusement ficelée et remisée pour un certain temps. Je crois qu'au boulot, ils étaient soulagés de ne pas avoir à me supporter pendant quelques semaines – un visage qui risque en permanence de se fissurer répand inévitablement de mauvaises vibrations autour de lui.

J'ai acheté le dernier numéro de *Femina* et une plaquette de chocolat à l'orange, puis j'ai pris le car à la gare routière. J'avais l'impression que ces actes m'aidaient à paraître naturelle et tout à fait normale. Ils me servaient de déguisement. J'étais la seule à savoir que je partais – incognito – à la recherche d'un Moi perdu.

3

Wera

Le trajet en voiture fut rapide, je ne me suis arrêtée qu'une fois, pour prendre un thé et un sandwich. Annette m'avait envoyé un plan, la copie d'une carte de randonnée. Je suis arrivée au village au crépuscule et j'ai demandé l'embranchement pour La Béatitude à la station-service, surtout pour sonder l'attitude de la population locale. Ils n'en avaient jamais entendu parler. J'ai sorti ma carte, j'ai montré et ils ont hoché la tête, soulagés. Ah oui, la vieille ferme des scouts, effectivement, elle était encore utilisée de temps en temps.

"Cet été, il y avait un stage de voile", a dit la fille derrière le comptoir.

Un homme massif avec une casquette était en train de faire son choix parmi les kits tuning flashy à souhait, chaque automne sa belle-mère organisait des stages de teinture végétale là-bas. Tout ça restait dans un registre rassurant.

Ils m'ont indiqué la bifurcation et je me suis engagée sur un morne chemin forestier, où j'ai cahoté sur du sable et des cailloux entre des pins à perte de vue. Pas d'éclairage public, pas une lumière dans les maisons de campagne qui bordaient la route au début. Pour finir il n'y a plus eu d'habitation du tout, et la piste s'est faite plus étroite.

Il faisait nuit noire et juste quand ça commençait à devenir un peu désagréable, le chemin m'a menée dans la cour d'une ferme. Deux allées de gravier entouraient une maigre pelouse devant un bâtiment absolument monstrueux, une sorte de croisement entre le siège d'une ligue de tempérance et la chapelle d'une congrégation évangélique. Habillé d'un bardage gris-blanc, il avait un toit mansardé et des tours qui semblaient avoir été ajoutées au corps de logis carré et mastoc sans la moindre réflexion préalable. C'est à peu près tout ce que j'arrivais à distinguer dans l'obscurité dissipée seulement par une ampoule blanche et nue, très sale, au-dessus de l'entrée principale du bâtiment. Je me suis garée à côté d'une remise et j'ai noté qu'il n'y avait qu'une seule autre voiture, un Volkswagen Combi, lui aussi en mauvais état. Oui, d'accord, j'aurais été terriblement déçue si le lieu avait respiré le spa et le centre de détente! J'ai pris mon sac de voyage dans le coffre et enfilé la sacoche du portable à l'épaule. "Les accessoires" pouvaient attendre.

J'ai subitement fait un bond en l'air et presque poussé un cri. En bas du grand escalier tournant en pierre qui menait à la porte d'entrée se tenait une femme, muette et immobile, je l'avais prise pour un végétal parmi les ombres. Elle portait un long manteau sombre et un sac. Elle observait la maison et ne s'est même pas retournée pour me regarder. Son visage était banal, sans âge, elle était de ceux qu'on aperçoit à la banque derrière le comptoir ou qui débarrassent les plateaux à la cantine, je veux dire quelqu'un qu'on voit sans le voir.

"Bonsoir! ai-je dit, et je crois que j'ai essayé de prendre une voix digne et sérieuse. C'est bien ici, La Béatitude?

— Tout à fait, a-t-elle répondu en observant attentivement la maison. C'est très laid, j'avais cru que ce serait plus beau. Mais tout compte fait, c'est dans l'ordre des choses."

J'ai pris cela pour une tentative de plaisanter et j'ai poussé une sorte de hennissement, mais apparemment elle était sérieuse, puisqu'elle m'a lancé un regard étonné. Puis sans rien dire de plus, on a commencé à traîner nos sacs en haut de l'escalier.

4

Madeleine

Je n'avais pas prévu que la panique allait me mettre le grappin dessus tout de suite en arrivant. Je n'ai tout simplement pas osé entrer. Comment allais-je pouvoir rencontrer six personnes totalement étrangères et avouer devant elles que j'étais venue pour essayer d'affronter une faute, une faute si terrible que je serais obligée de retravailler toute ma perception du monde pour pouvoir l'héberger ?

Car c'est ce que j'avais compris dans le bus qui me conduisait à La Béatitude : je ne serais pas là uniquement pour me cacher, végéter et survivre dans mon deuil. J'y serais pour tenter de redresser la tête et faire face à ma culpabilité. Je suis restée longtemps devant la porte, immobile, gelée et les chaussures trempées – j'avais fait à pied tout le chemin depuis l'arrêt du car sur la route départementale bien qu'Annette eût proposé de venir me chercher avec la camionnette pendant qu'Adrian méditait.

Subitement une petite Audi rouge a déboulé dans la cour. Une jeune femme en blouson de cuir en est descendue et a jeté deux sacs en bandoulière sur son épaule. Avec ses cheveux rebelles et multicolores, elle dégageait une telle vitalité, une telle énergie qu'elle m'aspirait dans le vide qui se formait dans son sillage quand elle bougeait. Nous avons grimpé l'escalier et sommes entrées dans un grand vestibule.

La voix d'Annette au téléphone m'avait suggéré l'image d'une femme qui ne ménageait pas sa peine pour emmitoufler ses semblables dans le bien-être et la confiance, mais en voyant sa grande silhouette, l'ambivalence m'a immédiatement sauté aux yeux. Tous ses mouvements venaient contredire cette serviabilité. Elle a tout de suite pris les commandes, il ne lui manquait que le sifflet. Et pourtant on ne l'aurait pas dit animée d'un besoin maternel de pouvoir, plutôt d'une détermination à se débarrasser efficacement des corvées incontournables pour pouvoir passer à autre chose. Pour la première fois depuis que je m'étais lancée dans cette histoire de La Béatitude, la pensée m'a frappée que je n'étais pas la seule à chercher. Et je me suis demandé quelle pouvait bien être la quête d'Annette.

Wera, la femme au blouson de cuir, en revanche, ne donnait pas l'impression de chercher quoi que ce soit. Elle semblait bourrée de réponses, même quand elle ne parlait pas – ça se voyait à sa façon d'enregistrer du regard la laideur du lieu, à sa façon de peser, de mesurer et de tirer des conclusions rapides. Elle ne me voyait pas et cela m'aurait étonné qu'elle le fasse – les femmes jeunes ne voient pas les femmes entre deux âges, à la rigueur peut-on déceler une vague pitié chez elles, ou peut-être une conviction inébranlable que la cinquantaine ne les frappera jamais, elles. Ensuite elles tournent le regard vers des sujets plus intéressants. Wera aussi a éveillé ma curiosité. Quelque chose clochait dans l'image qu'elle se donnait d'être à la recherche de spiritualité.

Je n'avais pas ressenti de curiosité depuis le Jour. C'était bon signe.

Les chambres étaient très vilaines, ça aussi c'était bon signe. Il est trop facile de voir un Sens à l'existence si on est entouré de luxe et de beauté. Ou je me trompe en pensant ça ? Je me suis allongée sur le lit.

Celui qui mène une existence vraiment misérable, qui lutte pour survivre, ne met pas fin à ses jours. Dit-on.

Je n'ai moi-même jamais envisagé d'intervenir sur le cours de ma vie, ni pour le prolonger ni pour le raccourcir. Ma voisine mange du yoghourt russe et du ginseng et pense qu'elle vivra au moins jusqu'à quatre-vingt-dix ans. Je lui ai demandé pourquoi elle voulait atteindre un tel âge plutôt que de mourir dix ans plus tôt comme la plupart des gens. Que se passe-t-il donc de si spécial entre quatre-vingts et quatre-vingt-dix ans ? Il me semble que c'est précisément la période de la vie dont on pourrait se passer.

Non, j'ai accepté ma propre vie comme un tout, indivisible, et je ne tiens pas à savoir comment mon temps est mesuré. Les autres viennent ici pour trouver l'image d'un dieu, sans doute – mais moi, je me suis faite Dieu en *prenant la vie de quelqu'un*. Et c'est cela que je dois gérer maintenant. Je n'ai plus la force de continuer comme une morte vivante.

*

Ça y est, j'ai rencontré les autres. Adrian ne m'intéresse pas du tout pour le moment, il semble avoir choisi son trône de guide spirituel pour avoir la main haute sur une communauté. Peut-être aurait-il trouvé autant de satisfaction à travailler comme – disons comme homme politique de rang moyen avec autorité sur son entourage mais sans obligation de porter la toge d'un maître ? Un jugement superficiel et inconsidéré de ma part que je pourrais très bien être amenée à regretter, pourtant c'est ce que j'ai ressenti, je ne peux pas le nier.

La femme vêtue de gris dont je n'ai pas saisi le nom m'a rassérénée. Je ne pense pas qu'elle ait ouvert la bouche, mais elle m'a regardée et m'a tendu la corbeille à pain comme si c'était un présent. Étrange.

Le petit Iranien irradie un désir de faire plaisir à tout le monde, il est presque fatigant dans sa soif de relation.

Bertil, qu'Annette a présenté comme ex-médecin, m'intrigue. Comment ça, "ex" ? Il ne doit pas être beaucoup plus âgé que moi, c'est-à-dire trop jeune pour être à la retraite et trop vieux pour renoncer au confort d'un métier bien rodé, alors ?

Et moi, qui suis-je ? Qu'est-ce qu'ils voient, les autres, quand ils me voient ?

Une femme entre deux âges, sans qualités.

Je suis Ariane qui a perdu le fil.

Je suis la reine Midas – tout ce que je touche se transforme en cendres.

Je suis une *self-made-woman*. De moi ils pourront dire : "Elle a fini sans un sou en poche."

Je me suis rendue dans la salle d'eau et j'ai passé un moment devant le miroir pour essayer de colmater les fissures de mon visage.

5

Wera

Pas la moindre étoffe arc-en-ciel à portée de vue !
Annette s'est révélée être une femme aux cheveux
blond cuivré, grande et solidement bâtie en survêt
délavé sous un tablier en plastique avec des tournesols. Elle avait une démarche d'ours pataud, voûtée
et penchée en avant. Une scoliose ? Ou seulement
un désir mal canalisé de paraître petite et menue ?
Ses manières dénotaient une ambivalence dérou-
tante : sa voix était puérile, accompagnée d'un
léger zézaiement, elle s'exprimait en gazouillant
de petites phrases conventionnelles qu'elle offrait
à son interlocuteur comme une boîte de chocolats,
mais ses mouvements étaient rapides, efficaces et
peu gourmands en énergie, les choses tombaient à
leur place autour d'elle et remplissaient leur fonction sans qu'on sache comment.

Lorsqu'on est entrées dans le vestibule avec nos
sacs, la taciturne et moi, elle est tout de suite apparue à la porte de la grande cuisine et s'est mise à
flûter : "Je suis si conteeente que vous soyez là !
Wera et Madeleine, c'est ça ? Vous avez fait bon
voyage ? On n'a pas très beau temps, c'est ce que je
dis tout le temps à Adrian, à cette époque de l'année,

31

La Béatitude n'est vraiment pas à son avantage, vous devez avoir faim, pour les chambres, je vous ai donné le Castor et le Lynx. Sympa, ton blouson ! On a enfin réussi à faire marcher l'eau chaude, vous pouvez prendre une douche si vous voulez, mais essayez de faire court, Madeleine tu as l'air fatigué, ça te dirait un café avant le dîner, on mange à sept heures. Après, on tiendra la première réunion, on a pensé les appeler des forums, vous savez, comme une sorte de marché où on s'échange des idées…"

Tout en parlant, elle a pris nos manteaux et les a suspendus sur des cintres miraculeusement sortis du fond d'une penderie, elle a hissé nos sacs sur ses épaules, malgré nos vagues protestations, tout en nous poussant devant elle dans l'escalier. Avant d'avoir eu le temps de dire ouf, on était déposées chacune dans sa chambre comme des colis postaux, les bagages nous suivant de près. Elle a allumé la lumière – des néons – et refermé nos portes avec un petit clac retenu mais déterminé puis elle a pesamment descendu l'escalier pour regagner sa cuisine.

Je me suis assise sur le lit. Je n'avais pas eu le temps d'apercevoir grand-chose du rez-de-chaussée avec Annette qui nous tournait autour comme une tornade – mais le peu que j'ai capté collait pile-poil avec l'idée que je me faisais d'une ancienne ferme reconvertie en lieu de stage. Grand vestibule avec un drapeau scout au-dessus de la porte donnant sur la salle de réunion, des patères alignées sur le mur, une vitrine avec des trophées préhistoriques et des drapeaux miniatures aux couleurs passées, souvenirs d'époques révolues. Une petite table bancale avec un livre d'or et un pot d'immortelles séchées, poussiéreuses et ternies. Et la chambre où je me trouvais confirmait mes pires craintes. Allais-je pouvoir supporter ceci pendant trois semaines ? Avec l'aide du téléphone portable et les e-mails comme lien vital avec le monde des vivants, peut-être.

"Campement militaire", c'est ce qu'on pourrait dire, en étant vraiment gentil, de la chambre, le Castor, qui était prévue pour quatre. Deux lits superposés en pin massif étaient coincés sous le plafond rampant. Des murs gris, des rideaux gris-jaune avec des motifs stylisés des années cinquante – c'est revenu à la mode aujourd'hui, mais ceux-ci étaient authentiques, ils pendaient là depuis des lustres. Lino usé par terre, couvert d'un tapis en coco dont les bords rebiquaient et s'effilochaient. Comment quelqu'un avait-il pu imaginer qu'il soit possible de chercher un "dieu", une "conduite de vie" dans ce cadre ?

Il y a quatre ans, j'ai fait un reportage sur une retraite en Dalécarlie. C'était en été et des bouleaux murmuraient devant les fenêtres ouvertes où la brise faisait froufrouter les voilages blancs. De moelleux petits matelas de toutes les couleurs étaient disposés sur le parquet en chêne ciré d'une pièce spacieuse. Dans la journée, c'est là qu'on s'exerçait à la méditation et à la concentration sous la direction d'un gourou américain à la dignité grisonnante avec chaîne en or autour du cou. Cela coûtait une fortune aux participants qui payaient de leur poche – moi, j'y étais à titre gratuit en tant que reporter et on s'attendait à ce que j'écrive des articles enthousiastes dans les magazines féminins. Ce que j'ai

effectivement fait. Et lors des petits dîners gastrono-
miques devant la cheminée, on discutait autant de la
notion d'infini que de la portée que pouvaient avoir
les écrits védiques pour l'homme moderne. Quid de
La Béatitude ? Une version *low cost* pour losers ?

J'ai suspendu mes vêtements dans la penderie gris
militaire et installé mon ordinateur sur une chaise
bancale devant la fenêtre. Il y avait deux prises élec-
triques à cet endroit, les seules de la chambre – j'ai
noté qu'il n'y avait même pas de lampes de che-
vet. Les fervents opposants à l'alcool et les vail-
lants scouts qui occupaient habituellement les lieux
étaient sans doute censés s'endormir dès la tombée
de la nuit pour pouvoir se lever tôt, prendre une
douche glacée et faire des pompes.

J'ai laissé bien à l'abri dans mon sac de voyage
une grande bouteille de Bombay Sapphire.

J'ai pris mon peignoir et suis sortie dans le couloir à la recherche de la douche. Il y avait deux salles
d'eau, marquées "dames" et "messieurs", avec une
enfilade de robinets au-dessus d'un lavabo tout en
longueur, et une cabine de douche avec une pomme
énorme. Je m'y suis risquée et elle a craché des flots
d'eau, tantôt brûlante, tantôt glacée.

La chambre était un vrai frigo à mon retour. Rapidement j'ai fait le lit avec des draps élimés rayés
jaune et blanc, sans doute fournis par l'Administra-
tration lors d'une remise en état dans les années
soixante-dix. Tout dans la maison était fatigué, vieux
et usé. Je me suis glissée au lit avec mon carnet de
notes pour poursuivre l'élaboration de mon profil
spirituel, celui que je serais probablement amenée à

exhiber pendant nos réunions. Qui serais-je, et comment allais-je faire pour rendre cela crédible et captivant ? De temps en temps j'entendais la voix fleurie et les pas lourds d'Annette dans le couloir, elle installait sans doute de nouveaux arrivants dans leurs clapiers. Je n'étais pas pressée de les rencontrer.

J'ai pensé au foisonnement de dieux que j'avais trouvé sur HinduNet et je suis partie en chasse sur le Web avec son offre inépuisable. Je me suis demandé si les gens savaient que le cyberespace grouillait de dieux, tous avec leur propre site – probablement le seul espace à pouvoir se vanter d'avoir de tels habitants. Ce fut un étrange et passionnant safari religieux, parmi des dieux serpents et des déesses de la mort, des rites cabalistiques et tous les martyrs qui avaient péri de différentes manières toutes plus épouvantables les unes que les autres. Pas vraiment une activité à laquelle on se livre tous les jours – ça me changeait agréablement des reportages sur des vedettes locales. J'ai fini par décider de me présenter comme adepte du gnosticisme : il véhiculait suffisamment de thèses obscures pour que je puisse me dissimuler dans leurs brumes, et je ne courais probablement aucun risque qu'ils se mettent à me cuisiner pour savoir si j'étais manichéiste ou si je donnais plutôt dans le zoroastrisme. Ce démiurge de Zarathoustra m'a un peu tapé dans l'œil, il faut l'avouer, un parfum d'alchimie et de Kabbale chic flottait sur tout cela. J'ai griffonné quelques mots-clés et me suis sentie prête.

Vers sept heures moins le quart, l'odeur d'oignon frit du rez-de-chaussée s'est imposée franchement.

Je me suis habillée en noir, ça intrigue, me suis fabriqué un teint pâle et de grands yeux grâce à un savant maquillage, et je suis descendue. Au menu il y avait soupe à l'oignon et gratin de brocolis – évidemment, il fallait que ça soit bon marché et végétarien. Ils étaient tous assis autour d'une grande table dans la cuisine, tous ceux qui allaient devenir mes partenaires de quête. Je me souviens que j'ai hésité entre impulsion de fuite – jamais je ne pourrais pondre quelque chose d'utilisable pour *Circulaire* à partir de cette brochette ! – et une certaine curiosité. Combien parmi eux étaient sincèrement à la recherche de spiritualité, combien des fêlés fous à lier ?

Une femme insipide vêtue de gris touillait sa soupe en décrivant des huit réguliers et maniaques tout en remuant les lèvres. Parle toute seule, un cas *borderline*, ai-je pensé, impossible de déterminer son âge, elle a l'air intemporel en quelque sorte, ni belle ni laide, ou plus exactement, ces termes-là ne s'appliquent pas à elle. Annette l'appelait Eve-Marie et elle posait presque tendrement sa main sur son épaule en remplissant sa tasse de thé.

Soudain la Grise a levé les yeux et les a posés pile sur moi – des yeux scrutateurs, intéressés et vifs – et j'ai baissé le regard, ce qui pour tout dire n'est pas dans mes habitudes. C'est quoi, ça ? ai-je pensé. Ne me dites pas que j'ai une collègue ici, quelqu'un qui s'est inventé une identité pour la même raison que moi ! Serait-elle en train de réfléchir à la trame d'un article brillant et plein d'esprit ? Va-t-il falloir entrer en concurrence pour être la première à vendre La Béatitude, ou suis-je simplement parano ?

Un jeune homme basané – Iranien ? – était assis sur le bout des fesses, comme prêt à se lever pour nous servir au moindre signe, un sourire nerveux sur les lèvres. Il y en avait un autre, cependant, qui avait l'air intéressant, cheveux poivre et sel, et beau dans un gros gilet de laine avec des renforts en cuir aux coudes, des mains puissantes et un regard bleu aimable. Médecin, à ce qu'il semblait. Que pouvait bien chercher quelqu'un comme lui à La Béatitude ?

On ne pouvait pas se tromper sur Adrian, l'homme d'Annette, il était installé au bout de la table, vêtu d'une sorte de robe de moine bleu sombre, si, si, je le jure ! Ses longs cheveux clairsemés étaient coiffés de sorte à dissimuler leurs racines en déclin, c'est peut-être pour ça aussi qu'il avait des tatouages spectaculaires sur la figure ! Annette papillonnait autour de lui comme une mère poule inquiète, remplissait son assiette, chuchotait à son oreille et lui caressait les cheveux au passage. Il l'ignorait avec superbe tout en parcourant du regard son troupeau. Oui, déjà la façon dont on était placés à table faisait de nous son troupeau avant même qu'on se soit présentés.

La bureaucrate était là, elle aussi, silencieuse comme avant, elle s'appelle Madeleine. Il émanait d'elle un tel ennui pur jus qu'elle était presque un trou dans l'air ; une caméra thermique indiquerait sans doute une température plus élevée à son emplacement, autrement le regard dérapait sur elle, même si on voulait l'y arrêter. Elle souriait par moments, comme un dentier dans un verre d'eau – le reste de sa personne ne semblait pas impliqué ! Je mets ma main au feu qu'elle est ici parce qu'elle trimballe un sentiment vaguement désagréable qu'il lui manque quelque chose dans son monde de fonctionnaire pro-pret, elle veut peut-être trouver une "âme" à réper-torier sous A. Je parie qu'elle ne trouvera personne.

La seule chose intrigante et un peu bizarre avec Madeleine, c'est qu'elle porte partout avec elle un sac à dos noir qui semble très lourd. Elle le mani-pule avec tendresse comme si c'était un bébé, le pose en douceur et le chouchoute, on dirait qu'elle va même jusqu'à lui parler tout bas.

Je pourrais peut-être pondre quelque chose pour *Circulaire* vu de cet angle, sans pour autant tomber dans l'humour noir ? Il leur arrive d'accepter des sujets sur des loufoqueries, à condition qu'on fasse le lien avec des tendances actuelles et qu'on saupoudre le tout de quelques références littéraires.

Le temps portera conseil. Juste là, ce soir, tout ça ne me paraît pas très prometteur – même si cer-tains ici sont sincères, comme l'homme avec le gros gilet de laine – peut-être. Mais je pense qu'il aban-donnera assez vite la partie s'il doit se frotter quo-tidiennement à des gens bons pour un internement d'office. Je lui ai adressé un sourire rassurant et me suis attaquée au gratin de brocolis. Je dois avouer qu'il était succulent, pourtant je n'ai jamais parti-culièrement raffolé du brocoli. Je l'ai dit à Annette, mais ça n'a pas paru lui faire spécialement plaisir. "Ah bon, ben, rien de plus que ce qu'on est en droit d'attendre", a-t-elle dit, très mystérieusement.

En tout cas, ça va certainement devenir intéres-sant, sur un plan ou sur un autre ! Et si je ne tiens pas le coup jusqu'au bout, j'aurai probablement assez de matière en une semaine ou deux. Adrian a décidé que rien dans cette activité – je suppose qu'il veut parler du versant religieux – ne doit se faire dans la précipitation. On va entamer les Grandes Questions à tour de rôle, deux prêches chacun, trois au maximum, un sauveur par jour. Il nous a concocté un emploi du temps !

Je suis montée dans ma chambre et j'ai appelé une amie, une collègue à moi, pour lui faire part de mes premières impressions de cette expédition aux confins de l'âme.

6

Madeleine

Curieusement, j'ai dormi d'un sommeil profond
cette première nuit à La Béatitude, sur le matelas
inconfortable du lit de dessous. À l'aube blême, mon
cauchemar habituel m'a réveillée. Quelque chose
grimpe vers moi des profondeurs, des doigts tâton-
nants farfouillent et s'agrippent aux touffes d'herbe
et aux branches, et lentement, laborieusement, ça
s'approche. Mon cœur cognait tant que j'ai senti le
sang battre dans mes oreilles quand j'ai progressive-
ment ouvert les yeux. La première chose que j'ai vue
fut des organes sexuels, un masculin et un féminin,
gravés d'une main maladroite sur une latte du som-
mier au-dessus de moi. Un des scouts avait manifestement eu d'autres centres d'intérêt que les feux
de camp et la construction de cabanes. J'ai souri
un peu en me sentant l'esprit plus léger que depuis
bien longtemps. Comment ça se fait ?

Il pleuvait, un doux et désespérant tambourine-
ment sur les carreaux sales, mais le temps que je
sois debout et habillée, le ciel s'était éclairci. J'ai
enfilé le sac à dos, lui ai donné une petite caresse
au passage et ai senti comme toujours les bretelles
mordre douloureusement les plaies ouvertes sur

mes épaules. Elles sont pires que d'habitude parce que je le porte constamment depuis plusieurs jours. D'ordinaire je ne le mets pas dans la journée quand je suis au bureau, cela provoquerait trop de questions auxquelles je n'ai aucune envie de répondre.

Puis je suis descendue. De la cage d'escalier et du vestibule, un assez long couloir mène à la cuisine. Une enfilade de grandes fenêtres laisse entrer la lumière, et le soleil, qui avait maintenant percé les nuages, traçait des rais dans le couloir – une lumière forte filtrait par les vitres, mais entre chaque fenêtre, le couloir était plongé dans l'ombre.

Subitement j'ai vu une chose que j'ai d'abord prise pour un phénomène surnaturel. Un être scintillant arrivait dans le couloir. Une femme vêtue d'un habit long avançait lentement et solennellement, la tête haute, mais à cause de la lumière insolite, elle était tantôt très éclairée, tantôt totalement invisible. Cela produisait un effet irréel – elle existait et elle n'existait pas. Quand elle s'est trouvée tout près de moi, émergeant de la dernière ombre, j'ai vu que c'était la femme que j'appelle la Dame grise, et son habit était une simple robe de chambre. Elle s'appelle Eve-Marie mais je ne pense pas à elle sous ce nom-là. Elle m'a fait un petit hochement gentil de la tête et a continué son chemin vers l'escalier. Je suis allée rejoindre les autres qui étaient rassemblés dans la cuisine. Étrange, la pluie tambourinait de nouveau sur les carreaux.

Nous avons pris un petit-déjeuner simple, tous ensemble. Des corbeilles avec des tranches de pain complet, une grande théière de tisane et un pot de miel étaient disposés sur la table. Annette n'a eu de cesse d'apporter et de débarrasser des mugs et des assiettes, elle a balayé des miettes et veillé à être tout le temps occupée. Elle a raconté qu'elle était réceptionniste dans un hôtel, qu'elle chantait dans une chorale et qu'elle était activement engagée dans un club canin. Ou plutôt, elle avait été engagée – Adrian et elle avaient récemment été obligés de faire piquer Sessan, leur terrier airedale de douze ans, une chienne très intelligente, si j'ai tout bien compris. Ils n'avaient pas d'enfants. Je ne sais pas si c'était sa nostalgie ou la mienne qui m'a fait trembler intérieurement quand elle racontait ça.

Elle fredonnait un morceau qui ressemblait à du gospel et malgré son bavardage plein de spontanéité, je n'ai pas trouvé une seule chose à dire. Adrian a contribué avec une phrase de temps à autre et j'ai compris que pour le moment il était "sans travail", mais que pendant de nombreuses années il avait été moniteur d'une auto-école. Impossible de savoir pourquoi exactement il avait cessé d'exercer son métier, mais il a laissé entendre que son intérêt pour une épuration des gaz d'échappement respectueuse de l'environnement avait provoqué un conflit avec le propriétaire de l'auto-école.

Karim, le jeune Iranien, ne soufflait mot la plupart du temps, mais il affichait un grand sourire chaque fois que quelqu'un regardait dans sa direction. Cela m'a rendue plutôt nerveuse, comme s'il essayait tout le temps de me faire un compliment que je savais ne pas mériter. Bertil a gardé le silence pendant tout le petit-déjeuner, ce que j'ai trouvé reposant. Je sais pourtant que je suis ici pour tenter une dernière fois de rompre mon propre silence. Si j'échoue, je suis perdue.

7

Wera

Un éternuement violent m'a réveillée. J'avais la goutte au nez, une morve liquide qui coulait sur l'oreiller bosselé des scouts.

Ce sont des signes que je reconnais. Des acariens ! De petits gaillards toniques qui ont grandi parmi les plumes moisies de la literie de La Béatitude. Des familles entières, des générations d'acariens qui ont planté leurs pénates et se sont joyeusement reproduits dans cet oreiller depuis des dizaines d'années ! Tous ravis d'avoir un nouvel arrivant à qui rendre visite !

J'ai roulé sur le dos en reniflant ma morve. Les autres, comment supportaient-ils cette crasse accablante ? Ils n'étaient pas particulièrement négligés eux-mêmes, peut-être à l'exception d'Adrian. Karim par exemple, hier soir il n'a pas arrêté de se laver les mains, comme une autre lady Macbeth. Il faut vraiment qu'ils soient de fervents croyants pour accepter un environnement pareil !

J'ai eu une vision de tous en train de dormir tranquillement sur leurs oreillers défraîchis, serrant dans les bras leurs dieux respectifs comme des doudous en peluche. Ma cousine faisait ça quand on était petites, elle prétendait qu'elle avait trouvé la foi lors d'une campagne d'évangélisation itinérante. J'étais obligée de partager ma chambre avec elle pendant les vacances et elle faisait toujours grand cas de sa prière du soir qu'elle récitait à haute voix, les yeux fermés, agenouillée au pied du lit.

"Dieu qui tous les enfants chérit… ânonnait-elle. Veille sur moi qui suis petit…" Puis elle lorgnait vers moi. "Toi, t'iras en enfer!" disait-elle toute contente. Elle prenait son oreiller dans les bras et l'embrassait, à n'en plus finir. "Jésus… bisou, bisou… tu vas me protéger toute la nuit… bisou…"

Avec le recul, maintenant que je suis adulte, je vois qu'elle avait réellement besoin d'un doudou. Sa mère ne s'occupait jamais d'elle, la déposait seulement chez nous avant de s'envoler pour Majorque ou une autre destination où l'on pouvait boire pour pas cher. Personne ne savait qui était son père. Et elle n'était pas gâtée en bisous et câlins, l'oreiller servait manifestement de substitut aux caresses qu'elle ne recevait jamais. Une fois, on avait dans les treize ans, je l'ai vue le matin avant qu'elle se réveille. Elle avait repoussé le drap et coincé l'oreiller entre ses cuisses. Bon, passons.

Elle n'a d'ailleurs pas traîné pour se procurer d'autres doudous. À vingt-deux ans, elle avait trois enfants avec trois pères différents et pesait 107 kg. Et Jésus avait fait son temps, je crois qu'elle l'a remplacé par Brad Pitt.

Saleté de morve, et pas de Kleenex! Il ne restait qu'une seule chose à faire. Sortir d'ici, une longue balade en forêt pour prendre le frais et puis trouver un nouvel oreiller. Je prendrais l'un de ceux que j'avais apportés avec la vague idée de m'asseoir dessus et de psalmodier *om, om* d'un air pénétré.

J'ai fait un tour par la cuisine pour avaler si possible une tasse de thé avant de sortir. Mais c'était sans compter avec Annette. Je ne la savais pas prête à user de violence, mais elle m'a collée de force sur une chaise, une tartine de miel à la main – bravo pour mon indice glycémique – et un grand bol de yoghourt bio sur la table devant moi. Elle ne m'a pas quittée des yeux pour vérifier que je le mangeais sans tricher, "une cuillère pour maman… une pour papa…". Il n'y avait qu'à obéir, sinon elle m'aurait résolument envoyée rejoindre les acariens là-haut, j'en étais sûre.

J'ai murmuré que j'avais dans l'idée de faire un tour et elle a hoché la tête.

"Il pleut, mais ça va bientôt s'arrêter ! On fera une promenade, tout le monde viendra ! On devrait faire ça tous les jours, tu sais, un esprit sain dans un corps sain !"

Méchamment j'ai pensé que son corps à elle était surtout bien enveloppé. Je n'avais absolument pas envie de me coltiner la bande divine à chaque heure éveillée du jour et de la nuit, j'avais pensé me balader seule !

"Oui, tu comprends, les autres ont déjà pris leur petit-déjeuner, mais je vais les rameuter ! a-t-elle poursuivi tout en faisant la vaisselle sur un tempo furieux. T'as apporté des bottes, au moins ?"

Comment pouvait-elle savoir que la pluie allait s'arrêter ? Parce que c'est ce qui s'est passé. Et dans le quart d'heure qui a suivi, elle avait rassemblé le reste de notre troupeau disparate, tel un chien de berger têtu. Quand je suis arrivée dans le vestibule, ils s'y bousculaient tous pour enfiler leurs bottes en caoutchouc. J'ai poussé un soupir.

Les arbres dégouttaient d'eau de pluie quand on s'est engagés sur un sentier forestier couvert de feuilles d'automne glissantes et de pommes de pin. Adrian et Annette marchaient en tête, côte à côte, comme une paire de bœufs. Après eux venaient le médecin et la femme en gris, Eve-Marie, absorbés dans une conversation murmurée. L'Iranien était affublé d'un suroît et d'un imperméable tirés de la grande penderie des scouts, il gambadait de l'un à l'autre et essayait de parler avec tout le monde en même temps.

J'ai fait de mon mieux pour lambiner en chemin afin de marcher seule, pour découvrir soudain que la fonctionnaire morose, Madeleine, traînait aussi la patte au petit bonheur. Elle s'est retrouvée à mon côté et j'ai eu l'impression qu'elle tenait autant que moi à être seule, mais par une sorte de lâche politesse, aucune de nous n'osait quitter l'autre et tracer sans rien dire. Elle portait son sac à dos, évidemment, ajustait sans cesse les bretelles en faisant des grimaces.

Qu'est-ce qu'elle peut bien trimballer dedans, bon sang ? Toute sa fortune ? Un poumon d'acier portable pour crises d'asthme ? Impossible de deviner, ça peut être n'importe quoi !

On a cheminé comme ça en silence un moment et pour une fois je n'ai absolument rien trouvé à dire, ou plutôt, je ne me suis pas donné cette peine.

Trop tôt encore pour lui demander ce qu'elle avait dans son sac.

Soudainement elle a poussé un gémissement et a failli s'étaler de tout son long. Je l'ai attrapée par le bras. Elle avait dérapé sur le sentier glissant et s'était pris le pied dans une racine. Elle n'arrivait plus à s'appuyer dessus. J'ai appelé les autres.

Bertil est rapidement revenu sur ses pas. Il s'est mis à genoux et lui a examiné la cheville bien qu'elle essaie sans cesse de se dérober. Elle avait le comportement d'un renard pris au piège, prête à se ronger le pied plutôt qu'à laisser Bertil l'approcher. (Ça frôle la vieille fille névrotique, voilà ce que je pense ! Celle qui a le doux Jésus pour seul compagnon de lit !) Il a secoué la tête et annoncé que ce n'était qu'une petite entorse, mais qu'elle ne devait pas s'appuyer dessus pendant les heures à venir. Puis il l'a attrapée par le bras comme l'aurait fait un flic et l'a résolument entraînée en direction de La Béatitude. Elle a été tellement surprise qu'elle n'a pas moufté.

J'ai regardé autour de moi. Adrian et Annette avaient pris beaucoup d'avance, avec Karim sautillant autour d'eux. À côté de moi, la femme vêtue de gris me regardait avec un petit sourire.

L'heure était venue d'aller à la pêche. En déployant ma technique d'interview la plus subtile, j'allais découvrir ce que la dame avait derrière la tête ! Mais…

Ma petite Wera, à côté de la Grise, tu ne vaux pas un clou ! Je ne sais pas comment ça s'est fait, mais on a marché l'une à côté de l'autre pendant au moins une heure et la seule qui parlait, c'était moi ! Je ne racontais pas pourquoi j'étais là, mais d'une façon ou d'une autre elle a réussi à me soutirer mon mal-être de vivre dans une petite ville, ma relation avec ma mère, mes dernières peines de cœur et quelques autres petites bricoles. Et je n'arrive pas à me souvenir qu'*elle* ait dit quoi que ce soit! Si, elle a mentionné dans quoi elle travaillait, c'est quand je me suis ressaisie pour poser une question directe. "Je travaille avec des plantes!" s'est-elle contentée de dire, d'une voix grave, assez agréable, qui aurait bien convenu pour la radio.

Des plantes? Pourquoi, pourquoi n'ai-je pas poursuivi et demandé quelle sorte de plantes? Est-ce qu'elle cultivait des concombres, est-ce qu'elle taillait des bonsaïs ou faisait-elle de la recherche sur les végétations des enfants?

Je n'ai pas arrêté de babiller, même sur des détails qui n'avaient rien à voir, comme les mathématiques, par exemple, qui me fascinent.

"Pi! ai-je dit. C'est un nombre fantastique, il explique tant de choses, il résout l'énigme du cercle alors qu'on n'arrive pas à le déterminer pour autant, et on ne peut pas le capturer dans un chiffre exact! Il sait calculer l'univers et il surgit là où on l'attend le moins, le monde entier a travaillé sur lui pendant des milliers d'années…" Elle a hoché pensivement la tête et il m'a semblé qu'à ce moment-là il y a eu une sorte d'accroche. Quelque chose qui collait.

Après la promenade, j'ai fait un petit somme dans la chambre du Castor. Et en me réveillant, en sursaut, je me suis redressée dans le lit et j'ai regardé droit devant moi. J'avais rêvé de la Grise, rêvé que d'une étrange manière elle était associée à pi, mystérieusement, de façon transcendante et irrationnelle, avec une suite infinie de décimales à la queue leu leu… 3,1415926535… que personne n'a jamais réussi à compter jusqu'au bout parce que c'est impossible.

Bon sang, c'est vraiment ridicule ! Il doit y avoir quelque chose dans l'air ici qui vous fait retomber en enfance ! Qui vous transforme en louveteaux et Jeannettes avec de grandes dents de devant, qui gobent n'importe quoi sans poser de questions, chantent les hymnes du répertoire pour enfants, disent les grâces et croient aux contes de fées et au Chef et à tonton Dieu. Au secours, emportez-moi loin d'ici, je veux redevenir moi-même !

8

Madeleine

Par la fenêtre de la salle commune, je les ai vus revenir de leur promenade. C'était totalement inattendu, mais Wera était en train de parler avec Eve-Marie en gesticulant frénétiquement. Toutes les deux sont montées directement dans leurs chambres. Karim s'est ébroué comme un chien mouillé et ensuite Bertil et lui se sont installés pour une partie d'échecs devant la cheminée où quelques bûches rougeoyaient encore. Il manquait un roi et une tour sur le vieil échiquier usé, si bien qu'ils ont été obligés d'utiliser un petit père Noël en plastique et une boîte d'allumettes, le tout dans une franche rigolade.

"Pareil que pour Dieu! a dit Bertil, tout enjoué. Il est ce que nous décidons qu'il sera!" Karim l'a regardé par en dessous.

Annette est entrée avec une théière et des tasses sur un plateau qu'elle a posé sur la table. Elle s'est installée à côté de moi et a commencé à tricoter un vêtement indéfinissable de couleur taupe. Adrian s'est allongé sur un des canapés et a semblé s'endormir. Son visage a tout à coup paru très jeune et vulnérable malgré les vilains tatouages.

"J'ai l'impression qu'Adrian est beaucoup plus jeune que ce que j'ai cru d'abord!" ai-je dit à voix basse à Annette en tendant le bras pour attraper un de ses petits biscuits aux amandes. Mon pied ne me faisait presque plus mal.

"Il y travaille, à paraître plus que son âge! a-t-elle dit en souriant. Depuis qu'il a quitté l'auto-école… en fait, c'est vraiment marrant, ce boulot était une révolte contre ses parents, tu comprends! Adrian a grandi dans une communauté hippie qui avait installé un village de caravanes et de cabanes en bois pas très loin d'ici. Ça ne devait pas être drôle tous les jours. Comment veux-tu nourrir des enfants uniquement avec ce que produit la terre dans ce coin… Le soja ne s'est pas acclimaté ici, mais la blette est bien venue! Trop bien même. Encore aujourd'hui Adrian refuse d'en manger. Et ses tatouages servent en partie à cacher les engelures qu'il a attrapées quand ses parents s'étaient mis en tête de l'endurcir. Ils l'avaient fait dormir dehors alors que le thermomètre était descendu en dessous de zéro. Il en parle rarement, de son enfance, mais j'ai compris qu'il avait une relation plutôt ambiguë, genre amour-haine, avec sa famille communautaire, ils ont apparemment eu des moments vraiment géniaux, et une forte solidarité, mais à la fin, ça a bardé, et maintenant tout le monde a déménagé. Quand il a eu dix-huit ans, il s'est révolté et il s'est évertué à faire tout ce qu'eux jugeaient interdit. Il s'est coupé les cheveux, très très court, et il se baladait dans un costume ridicule à petites rayures, il a passé son permis de conduire et s'est trouvé une voiture, tout ce à quoi la communauté s'opposait. Il a même dégoté ce boulot à l'auto-école et a ouvert un compte épargne logement. Il allait au bal, avec les orchestres du cru. Il se nourrissait uniquement de hamburgers, picolait pas mal aussi…

— Tu l'as rencontré où?"

Elle a souri.

"Tu ne vas pas le croire, mais je l'ai rencontré à l'église. J'étais venue pour le baptême de ma nièce, et lui était là parce qu'il voulait rencontrer le Sauveur. « C'est fini, les dieux soleil! disait-il. Et le bouddhisme zen, ça vous fout les rotules en l'air, je préfère de loin Notre-Seigneur tout-puissant! » Mais ça fait un bail maintenant. Tu t'en doutes, j'imagine.

— Vous habitez dans le village ici?

— On habite à l'hôtel où je travaille, dit Annette. Dans une dépendance. Adrian a eu quelques problèmes quand il a arrêté son boulot. Il a perdu son appartement… et il a traversé une sorte de crise, il ne savait plus qui il était…"

Je me suis soudain sentie très triste. C'était comme si ma grande aventure, mon train express pour échapper au quotidien, rapetissait et se réduisait à pas grand-chose. À la tentative d'un rejeton hippie, d'un enfant de la génération flower-power, de s'arranger avec tous les principes moraux contestables qu'on lui avait inculqués. Je voulais que ça soit plus que ça. J'avais besoin de plus.

Adrian sur son canapé a bougé, comme s'il avait entendu ce que nous disions. Annette s'est tue et lui a jeté un regard. Mais il paraissait dormir, épuisé.

"Ça faisait huit ans qu'on était ensemble, on était fiancés, a-t-elle poursuivi. On avait fait un emprunt pour un appartement et on avait acheté une Toyota. Adrian était sur le point d'entrer comme associé à l'auto-école. Il avait les cheveux courts à cette époque-là. J'ai quelques années de plus que lui, mais il a toujours dit qu'il a besoin d'une… Bref. On n'est jamais allés les voir dans leur communauté et je le regrette. Parce qu'un jour il a lu dans le journal local qu'ils avaient subitement quitté le village, au bout de quinze ans. Personne ne savait où ils étaient partis. Il ne le sait toujours pas. Pendant plusieurs jours, il a déambulé dans le campement à fouiller les restes et je peux te dire que ce n'était pas terrible. Les latrines… C'est à ce moment-là qu'il a eu des problèmes", a-t-elle soupiré.

Je n'avais pas envie d'en savoir davantage. C'est étrange, mais Adrian m'inspirait une sorte d'aversion spontanée. Je n'avais pas besoin d'entendre des choses qui par-dessus le marché me le feraient prendre en pitié.

"Pendant quelques années il… Bon. J'avais mon boulot en tout cas. Quand tout ça s'est terminé, il a recommencé à s'intéresser au spirituel, il a laissé pousser ses cheveux et il s'est fait faire les tatouages. Et il a adopté cette espèce de robe… c'est moi qui la lui ai fabriquée. Il dit qu'il veut ce qu'il y a de mieux dans les deux mondes. Mais il ne mange toujours pas de blettes…"

Elle s'est tue. Le feu crépitait et répandait de petits nuages de fumée, le bois ne devait pas être tout à fait sec. Karim et Bertil parlaient à voix basse au-dessus de leur partie d'échecs.

"… Pas si facile que ça de mettre les bottes d'un autre! a dit Karim. Annette disait que quelqu'un les avait oubliées, mais comment est-ce que je peux en être vraiment *sûr*? C'est plus grave de voler dans une… oui, bon, ce n'est pas une église ici, mais ça s'appelle quand même La Béatitude!

— Attends – tu trouves que c'est plus grave d'emprunter des bottes en caoutchouc ici qu'ail-leurs, parce que cet endroit s'appelle La Béatitude? a rétorqué Bertil, sidéré. Échec!"

Karim a rapidement déplacé son père Noël en plastique pour le mettre en sécurité.

"Chez moi à Téhéran, après la prière du vendredi à la mosquée, on se trompait très souvent de chaus-sures en partant! dit-il. Les gens arrivaient tard et les étagères étaient remplies et on posait les chaus-sures en vrac près de la porte… Ensuite on s'em-mêlait les pinceaux. Quand on s'en apercevait, il fallait tout de suite y retourner et faire l'échange, ou laisser un mot. Et on ne devait surtout pas user les chaussures de l'autre, ça aurait été comme un vol.

J'étais un étudiant étourdi, je me suis trompé très souvent! a-t-il enchaîné avec un petit rire. Je m'en rendais compte sur le chemin du retour. Et alors je devais rentrer chez moi pieds nus, sous la pluie et dans les flaques d'eau, et mettre les chaus-sures étrangères dans un sac pour ne pas les abîmer, et ensuite y retourner le lendemain. Et si on volait dans la mosquée, on se retrouvait en enfer, on était mille fois pire qu'un voleur ordinaire! Mon père disait toujours ça!"

Karim avait l'air nostalgique.

"Mon père à moi disait toujours que toute propriété était du vol, a annoncé la voix traînante d'Adrian sur le canapé. Il m'apprenait comment piquer de quoi manger au supermarché du coin, on faisait équipe. C'est lui qui fauchait, et il cachait tout dans mon cartable. Et ça fonctionnait, toujours!"

Il a poussé un rire rauque. Karim l'a dévisagé, choqué.

"Mais… selon l'islam, le vol est un des péchés les plus graves!" a-t-il dit, très inquiet.

Je suppose qu'il se demandait où il était tombé.

"Mais mon vieux ne piquait jamais rien à la Coop, a précisé Adrian avec un sourire oblique, et le serpent sur sa joue semblait se tortiller. Il disait que ça serait immoral. La Coop, c'est une coopérative, et les coopératives appartiennent à tout le monde. Sauf que je pense qu'il n'a jamais été membre", a-t-il ajouté.

Un ange est passé.

"Toujours est-il que nous sommes ici pour apprendre à faire autrement, pour apprendre quelque chose de nouveau! a dit Annette pour arrondir les angles. N'est-ce pas?"

Moi, je ne veux pas apprendre quelque chose de nouveau. Je veux oublier tout ce que j'ai appris, tout ce que je…

Adrian s'est subitement redressé.

"Ce soir on tiendra le premier forum, a-t-il dit en souriant. Ça va commencer!"

9

Wera

Subitement toute la maison s'est mise à trembler au tintamarre d'une cloche. On aurait dit que ça venait de dehors. J'ai ouvert le rideau à rayures, et il est immédiatement tombé de sa tringle.

Annette était dans la cour. Il faisait nuit déjà, seule l'ampoule nue du perron l'éclairait. Le vent avait forci, son fichu était à l'horizontale de sa tête et elle se ramassait sur elle-même face au vent. À la main elle tenait une corde qui paraissait attachée quelque part au faîte du toit. Elle tirait dessus et le son de la cloche se répandait de nouveau. Une sorte d'appel pour rameuter les troupes ?

"Forum !" ai-je entendu Adrian psalmodier dans le couloir.

Je suis allée jeter un coup d'œil. Il passait de porte en porte et tapait sur chacune avec une cuillère en bois. "Forum dans la salle de réunion dans cinq minutes !"

J'étais prête. J'avais mis une longue robe noire dégotée aux fripes. Le châle en cachemire bleu qui couvrait ma tête et mes épaules dissimulait très opportunément le micro d'un petit magnétophone de reportage que j'avais glissé dans la poche de poitrine. J'aurais peut-être dû porter des symboles ou des insignes, mais je n'avais pas eu le temps de me relooker pour afficher une âme pénétrée. De toute façon, la première assemblée serait surtout une réunion d'information, avait dit Annette quand on déjeunait.

Ce forum d'introduction a dépassé de loin mes attentes les plus folles. Désormais, on était supposés rester après la réunion à siroter des tisanes et mâchouiller les os que l'orateur du jour nous aurait lancés, mais ce premier soir ils se sont contentés de nous briefer sur la situation. Après avoir hoché un bonsoir aux autres, je suis remontée au Castor et me suis jetée sur mon portable.

*

Deuxième épisode de la série d'articles "Chacun à sa façon" de Wera Bodhin.
Sous-rubrique : "Dieu dirige le cercle d'études".
Le magazine culturel *Circulaire*, novembre.

Nous voilà donc tous réunis dans ce qui était autrefois la grande salle de rassemblement des scouts, installés sur des chaises en bois bancales et empilables, disposées en demi-cercle. Le long des murs, il y avait des étagères pour des fanions portant le nom et le totem de patrouilles locales. Quelques coupes poussiéreuses en étain, gravées des noms de vainqueurs oubliés depuis belle lurette, avaient résisté, au garde-à-vous, dans un coin. Par-ci, par-là sur les murs étaient accrochées des photos de patrouilles de scouts. Petits garçons avec des dents de lapins, équipés de casquettes et de foulards et de drapeaux, adolescents aux larges chapeaux, des couteaux attachés à la ceinture et un Chef à leur côté, le visage sévère témoignant de l'importance qu'il attachait à sa mission.

M'est venue à l'esprit la définition italienne des scouts : "Un groupe d'enfants vêtus comme des idiots, menés par un idiot vêtu comme un enfant."

L'idiot meneur de notre groupe était Adrian (nom fictif). Il se tenait droit comme un I au milieu du demi-cercle, une liasse de papiers à la main. Il avait même déniché quelque part un vieux rétroprojecteur dont la lampe inondait d'une lueur lugubre la tête d'élan mitée sur le mur derrière lui. Je me suis assise sur la chaise vide juste en face ; vus de cette perspective, les bois de l'élan semblaient pousser directement des oreilles d'Adrian.

À côté de moi dans le demi-cercle étaient assis les autres stagiaires (tous les noms sont fictifs) :

L'épouse (?) d'Adrian, Annette, vêtue d'une couverture de cheval indienne brodée. Elle avait le menton appuyé dans ses grosses mains rouges et elle regardait Adrian fixement, le visage totalement inexpressif. Je n'ai pas su déterminer si elle était fière de lui ou si elle prenait des mesures à vue de nez pour lui confectionner une nouvelle tenue.

Bertil, quinquagénaire en gilet de laine tricoté main. Il était assis le dos droit, un regard aimable posé sur Adrian. Si j'ai bien compris, il est ou a été médecin, il voyait peut-être en l'homme devant lui un malade qu'il convenait d'écouter avec patience.

Madeleine, la femme qui était arrivée avec ses affaires dans un sac de voyage au logo de la Préfecture. Rien dans son physique n'interdit de supposer qu'elle est rond-de-cuir dans la fonction publique. Sur ses genoux était posé le mystérieux sac à dos noir qui paraît si lourd. Elle l'enlève et le met à grand-peine, mais il se trouve toujours tout près d'elle. Je fais mon affaire de découvrir ce qu'il contient, fût-ce seulement le dossier d'une enquête administrative.

La dame en gris était immobile sur sa chaise, les mains sur les genoux et les jambes chastement serrées. Je n'arrive absolument pas à la cerner. Elle semble reposer en elle-même tout en étant ouverte à l'entourage. Pour tout dire, elle me fait un peu peur, on dirait qu'elle surveille de près tout ce qui se passe.

Karim, l'Iranien, était au bout de la rangée, sans cesse sur le point de se lever. Il bouge toujours la tête comme une chouette, soucieux de ne rien louper. Une barbe de fin de journée avait teinté en bleu sombre son menton et il regardait Adrian, les yeux brillants.

À cet instant, j'ai réalisé qu'Adrian devait avoir un passé d'enseignant. Collège ? École du dimanche ? Ou animateur dans un cercle de formation ? Il a jeté un regard sur son public, puis a solennellement déroulé un petit écran qu'il a suspendu à une tringle télescopique. Il a calé le rétroprojecteur, réglé la netteté, et voici ce qu'on pouvait lire :

1) D'OÙ VENONS-NOUS / QUI OU QUOI NOUS A CRÉÉS ? POURQUOI EXISTONS-NOUS ET QUE SE PASSERA-T-IL APRÈS NOTRE MORT ?

2) QUELLES SONT LES NOTIONS MORALES FON-DAMENTALES DE TA FOI ? QU'EST-CE QUE LE MAL, QU'EST-CE QUE LE BIEN, VERS QUOI DEVONS-NOUS TENDRE ?

3) AS-TU DES LIEUX, DES ÉCRITS OU DES RITES SACRÉS ? COMMENT RENDS-TU LE CULTE À TON ÊTRE SUPRÊME, COMMENT ENTRES-TU EN CONTACT AVEC LUI ?

"Des commentaires ?" a demandé Adrian. Tous sont restés décontenancés à fixer la présentation chiadée. Personne ne s'est prononcé.

"Voyez-vous, je me suis dit que ça ne fait pas de mal de donner une certaine structure aux discussions sur des sujets abstraits, a-t-il dit, tout content de lui. Vous choisissez vous-mêmes si vous voulez suivre l'ordre des questions, je veux dire, je ne peux pas vous punir si vous… Vous avez la journée de demain pour y réfléchir. Chacun de vous va Prêcher, ou si vous préférez appeler ça Interpréter, deux ou trois fois. Autrement dit, il y aura plein de temps pour méditer et discuter ensemble le contenu de vos prêches. Nous trouverons certainement aussi le temps pour des rituels et des cérémonies, si vous avez envie d'en célébrer.

ATTENTION ! (Ici il a brandi son index et tourné la tête de côté comme pour une mise en garde.) Lorsque vous prêchez, la parole est à vous, et rien qu'à vous, nous autres sommes une assemblée docile à vos ordres. Je veux dire, si vous voulez une génuflexion, nous tomberons à genoux. Ou une danse extatique ou n'importe quoi d'autre. En tant que prédicateur, rien ne vous empêche de porter un vêtement rituel, peut-être avec des symboles qui font référence au contenu de votre foi. Qui voudrait faire le premier prêche demain ?"

De façon totalement inattendue, la petite fonctionnaire a levé la main et Adrian a hoché la tête vers elle.

Ensuite il nous a distribué les questions notées sur une feuille, et la réunion était terminée.

J'espère réellement que quelqu'un tentera l'apprentissage de danses extatiques. Ça mettrait de l'ambiance ! Et j'ai besoin de quelque chose pour compenser les séances de fitness que je loupe.

Je n'ai évidemment pas approché la solution du mystère d'un seul millimètre : qu'est-ce qui peut bien pousser des personnes totalement ordinaires et normales (en tout cas en apparence) à mettre en veilleuse leur existence de tous les jours pour venir sonder le fond de leur âme dans ce décor glauque ?

10

Madeleine

C'est l'appréhension qui m'a poussée à me présenter comme premier prédicateur. Je n'ai jamais aimé parler en public. Quand je dois le faire au boulot, je m'accroche à mon rétroprojecteur et à mes enquêtes comme à une bouée de sauvetage. Ici je n'aurais rien derrière quoi me cacher. Mais si je ne me lançais pas maintenant, je n'aurais jamais la force de le faire.

Je n'ai rien pu manger de la journée, j'ai seulement bu un peu d'eau. Les autres aussi semblaient assez amorphes, ils étaient sans doute au stade "Qu'est-ce que je suis venu faire dans cette galère?". Il pleuvait de nouveau, et j'ai eu l'impression qu'il avait fait nuit plus tôt que d'habitude.

Annette m'a demandé si j'avais besoin d'aide pour préparer la salle de réunion. Nous avons été d'accord pour la débarrasser des têtes d'élan, des fanions et des photos de groupes. Le local devait être aussi nu que possible, mais nous n'avons pas réussi à bouger les vitrines avec les coupes. Je m'étais presque attendue à ce qu'Annette veuille décorer la pièce d'une façon ou d'une autre, peut-être avec des bouts de tissu ou des bougies, mais elle semblait avoir l'esprit ailleurs quand elle faisait ses allers-retours au grenier, les bras chargés de cartons remplis de reliques scoutes. Quand la salle de réunion a été vidée, elle a seulement dit "Ça va comme ça?", puis elle a filé.

Mais ça n'allait pas comme ça. Comment allais-je pouvoir parler aux autres sous le tube de néon blanc-bleu? Je suis allée prendre des lampadaires dans toutes les pièces vides que nous n'utilisons pas, et je les ai installés de part et d'autre du pupitre. Plusieurs côte à côte. Puis je les ai tournés vers l'endroit où je me tiendrais, comme d'impitoyables feux de la rampe. Je ne voulais pas voir ceux à qui je parlerais.

Derrière la porte j'ai entendu des murmures et des pas, il serait bientôt l'heure. Nous nous étions mis d'accord que le prédicateur du jour ferait entrer tout le monde en même temps à six heures, ou leur ferait signe qu'ils pouvaient entrer. Je me suis lentement dirigée vers la porte et je l'ai ouverte, puis j'ai regagné en silence ma place éclairée et j'ai fermé les yeux.

J'avais réfléchi un peu à cette histoire de costume. Je trouvais qu'Adrian avait raison, l'importance du moment devait être soulignée, mais je ne suis pas du genre à m'affubler de plumes de chaman ou d'étoffes colorées. J'avais apporté dans mes bagages un beau kimono en soie épaisse, et c'est ainsi que j'étais vêtue.

Le murmure avait cessé. Je me suis penchée pour frôler le sac à dos à mes pieds. Il m'a paru chaud, presque vivant. J'avais le trac, bien sûr que j'avais le trac. J'ai ouvert les yeux, et je me souviens très bien de chacun des détails que j'ai pu saisir avant de commencer à parler. Adrian était armé de son carnet de notes et de son stylo, ceci était son premier grand test. Annette souriait et elle m'a adressé un petit hochement de la tête. Du coin de l'œil je voyais que Wera n'arrêtait pas de se tripoter le cou sous son châle bleu. Un tic peut-être?

Ma main s'est serrée convulsivement autour de l'objet tranchant dans ma poche. Puis j'ai fermé les yeux, j'ai fait un pas en avant et j'ai commencé à parler.

11

Wera

Au dernier moment, j'ai réussi à enclencher le magnétophone sous mon châle et à capter le son du "podium", si toutefois on peut appeler ainsi la petite estrade sur laquelle on bute au fond de la pièce. Heureusement que la petite fonctionnaire s'est arrêtée un instant pour fermer les yeux, blanc comme un linge, autrement je n'aurais pas eu le temps. Il m'a semblé qu'elle me lorgnait comme si elle se demandait ce que je fabriquais avec le châle. Le médecin aussi me fixait avec curiosité. Ils ont dû se dire que j'avais peut-être de l'eczéma ou quelque chose qui me démangeait.

Support sonore, base pour le troisième épisode de la série d'articles "Chacun à sa façon" de Wera Bodhin.
Sur la bande, le premier "Prêche" du stage. Orateur Madeleine Svartenstad.

(Murmure indistinct, crépitement et piaillements. On entend une voix de femme, faible pour commencer, puis de plus en plus nette.)

"… Pourquoi existons-nous ?

C'est la première question et j'ai du mal à y répondre.

Car je n'existe pas.

Mon « Moi » n'est qu'une condensation dérisoire de l'atmosphère, une légère élévation de la température de l'air, un porteur de vêtements et de chaussures et un détenteur d'appartement, de passeport, de permis de conduire et de compte en banque.

Mon Moi est un miroir sans maître à la poursuite de quelque chose à refléter.

Et c'est de cette poursuite que je voudrais parler.

Du rêve de se rendre visible. De la joie d'enfin rencontrer son propre visage, ou même le visage de quelqu'un d'autre. Quelqu'un qui éventuellement serait moi aussi.

Dans mes moments les plus sombres, je me dis que vous, vous n'existez peut-être pas non plus. Mais parfois je vous vois derrière des fenêtres, bien au chaud dans des pièces étincelantes de lumière. Ça foisonne et ça bourdonne.

Vous êtes tous autour d'une longue table, les regards tressés les uns dans les autres, comme du macramé. Le dos tourné vers l'extérieur, vers l'obscurité, où passe mon soi-disant Moi.

Mon rêve est simple et rudimentaire. Je cherche la Porte qui mène vers vous – la porte, l'escalier, les rites. Car c'est bien par les rites que les hommes semblent mutuellement confirmer leur existence. Nous nous serrons la main pour nous saluer, puis nous accrochons nos regards. Les chiens connaissent le pouvoir des regards, ils se mesurent et le plus faible cède. Ils s'affirment mutuellement par le regard et vous faites de même, mais pour moi, vos iris et vos pupilles n'ont pas plus de sens que des billes de verre qui amusent les enfants.

Vos Moi parlent l'un à l'autre. Ils parlent l'un de l'autre, ils parlent pour ou contre, ils parlent au-delà l'un de l'autre. Tels des filaments de méduse, vos paroles bercent d'autres Moi et viennent les arroser. Quelquefois les filaments piquent, quelquefois ils passent leur chemin.

Mais un Moi qui n'existe pas ne peut pas non plus écouter, je ne discerne les paroles d'autrui que comme des images dans les replis de mon âme, des explications dans un manuel de physique : les paroles sont des concentrations et des dilutions dans l'air qui font vibrer un tympan. Puisque Je n'existe pas, Je ne peux pas non plus percevoir le contenu des paroles. De la même façon, un texte écrit se dissout en lettres et signes de ponctuation. Un non-Moi ne peut pas lire.

Maintenant vous comprenez pourquoi je suis ici et quelle Béatitude je cherche : un Moi, et peut-être un Toi. J'y ai déjà travaillé, je ne m'attends pas à recevoir gratuitement. J'ai créé des rites pour de nombreux tournants de la vie humaine, je vous en parlerai dans mon prêche suivant. Mais je dois d'abord vous demander de faire quelque chose qui sera peut-être très difficile.

Je voudrais que vous me donniez la confirmation de mon existence d'une façon qui restera gravée en moi, au moins pour quelque temps. Pouvez-vous, s'il vous plaît, vous lever et venir me rejoindre ? Vous voyez ce couteau ?"

*

J'y crois pas !

La pauvre femme sort un canif pointu et remonte la manche de sa robe de chambre ! Puis elle nous demande de faire une entaille sur son bras, une chacun, six petites entailles. Ce serait un premier pas pour qu'elle trouve un Moi, disait-elle, et un Toi. Une confirmation : du sang coule et il provient forcément de quelqu'un. Une plaie apparaît et elle est forcément provoquée par quelqu'un. Par six personnes plus exactement ! Et demain elle va probablement regarder les six petites plaies qui lui rappelleront qu'il existe au moins six Toi, ici et maintenant, et elle aura sa confirmation. Ou un truc dans ce genre, je ne sais plus comment elle a tourné ça.

Ce sera peut-être un peu hard pour les lecteurs de *Circulaire*, des citadins pur jus qui se shootent aux articles de design et qui sirotent un soupçon de métaphysique de temps à autre, comme un verre d'absinthe, tandis que les volutes bleues des cigarillos montent vers le toit du loft… (purée, j'aurais bien aimé pouvoir écrire ça !) Mais qui sait, cette malheureuse neurasthénique fera peut-être ruisseler le khôl sur les joues de certaines lectrices, ça vaut le coup d'essayer !

Tout le monde taillade docilement. Elle cille un peu à chaque incision, tout en souriant courageusement, la tête inclinée. Ensuite elle entoure les plaies avec un mouchoir, j'ai un peu la nausée en voyant le sang qui tache le tissu. On regagne "la pièce détente" dans le prolongement de la salle de réunion, avec les chaises des années cinquante aux sièges ronds en skaï et aux pieds gringalets. Elles auraient fait baver d'envie plus d'un de mes lecteurs. L'idée générale est qu'on se parle maintenant, une sorte de café-après-l'office, ou tisane, plutôt. Annette a allumé un feu dans l'antique cheminée noircie où des générations de scouts ont grillé des saucisses.

Madeleine est pâle et ça se voit qu'elle aurait donné n'importe quoi pour pouvoir retourner dans son antre rassurant. Bertil s'est assis à côté d'elle et, comme par hasard, il approche sa chaise et se penche vers son bras. Elle est raide comme un bâton pour commencer et serre le kimono tout près de son corps, mais lorsqu'Adrian commence à blablater, elle se détend et je crois même qu'elle se laisse aller contre Bertil, inconsciemment. (Faut que je les aie à l'œil ! Une idylle naissante, ça met du piment dans n'importe quel article !)

"Bien, bien ! dit Adrian, sur le ton d'un professeur s'adressant à un élève que jusque-là, il avait cru totalement borné. Ça ne suivait pas exactement le protocole, mais tu as réussi quelques très jolies formulations ! Du bon boulot !"

On se sent tous gênés pour lui. Quel con !

Madeleine affiche un sourire fatigué, mais Bertil se fâche.

"S'il te paraît indispensable de faire une critique de nos prestations, Adrian, écris donc tes points de vue sur un bout de papier et jette-le au feu ! Tu n'as qu'à voir ça comme un acte symbolique !"

Adrian réfléchit. On voit que ça travaille derrière son haut front lisse. La remarque de Bertil ne lui fait ni chaud ni froid.

"J'ai particulièrement apprécié ta définition du Moi en tant qu'objet inconnu, lance-t-il. C'est un bon point de départ. Très bon!"

Bertil renifle de mépris.

Karim les regarde attentivement, tous les trois, sa tête dessine des cercles.

"Moi… moi, j'ai une Porte", avance-t-il timidement.

Annette tapote sa main. Sinon elle est plutôt absente ce soir, elle sert la tisane sans regarder personne. Karim et Madeleine commencent à chuchoter ensemble.

La Grise boit son infusion, l'air pensif. Va-t-elle nous demander de nous asseoir en tailleur par terre pour quelques heures de méditation en silence? Est-elle de celles qui disjonctent totalement, se jettent à plat ventre et se flagellent? À ce stade, tout est encore possible.

Je pense que ça va devenir une bonne pige. Mais j'ai le désagréable pressentiment que Madeleine sortira d'ici dans une voiture aux sirènes hurlantes, vêtue d'une jolie chemise à manches longues sans trous pour les mains… Bon, cela me donne aussi une sorte de réponse. Il est évident que parmi ces gens qui cherchent un sens à leur vie, un certain pourcentage est forcément constitué de cas *borderline*. On devrait peut-être essayer de lui faucher son couteau pendant qu'il est encore temps?

12

Madeleine

Je suis vraiment une pauvre lâche. Comment puis-je me laisser intimider par une personne aussi bienveillante qu'Adrian ? Il n'y avait rien dans son prêche de ce soir avec quoi j'étais en désaccord. Il disait tant de belles choses, si bien formulées, ses intentions étaient tellement justes… Oui, si son prêche avait été un article pour lancer un débat, je l'aurais signé. S'il n'y avait pas eu Adrian. L'individu.

Ça avait peut-être commencé la veille au soir. Je leur avais demandé de faire une petite entaille sur mon bras, c'était évidemment une démarche très étrange et je ne suis pas sûre d'avoir su la leur expliquer. En réalité, il s'agissait d'un acte d'exorcisme – en m'infligeant une douleur physique, je prévenais toute agression éventuelle, je m'assurais qu'ils ne commenceraient pas à me piquer et me déchirer, à me perforer, me coincer et me tourmenter psychiquement, comme il est arrivé à mes collègues de le faire. Je voulais m'attacher ce nouveau groupe – ils ne vont pas oublier de si tôt ma petite cérémonie – et je voulais leur montrer, symboliquement, mon intérieur, mon sang.

J'ai peur des groupes. Du silence qui peut se produire à la cantine quand on entre. Des méchancetés

72

inattendues que tout d'abord on ne prend pas pour des méchancetés, pas avant que les gens ne se mettent à échanger des regards et à étouffer des rires. J'ai peur d'être ouvertement attaquée par un chef irrité, ou raillée en douce sans comprendre pourquoi. Je suis un être totalement dépourvu d'humour. Un jour on m'a demandé pendant la pause-café quel était le livre le plus drôle que j'avais lu, et je n'ai pas réussi à en trouver un seul. Ils étaient tous pliés de rire au-dessus de leurs tasses de café, alors que moi, le simple fait de sourire me faisait déjà mal aux zygomatiques.

Mais c'est précisément quand Adrian s'est présenté pour ma petite cérémonie qu'un frisson d'effroi m'a parcourue. Il était le dernier, les autres avaient déjà incisé plus ou moins à contrecœur, certains avec tant de délicatesse qu'ils avaient à peine entamé ma peau, et ils avaient tous le regard détourné en officiant. Annette m'avait fait un petit câlin et Bertil avait taillé doucement et efficacement, de façon quasiment indolore. Mais Adrian a levé le couteau avec l'autorité d'un grand prêtre qui s'apprête à célébrer un sacrifice, c'est lui qui a coupé le plus profond et il m'a regardé droit dans les yeux tout le temps, un petit sourire errant au coin de la bouche. Oui, c'est là que ça a commencé. C'est là que j'ai eu peur. J'ai eu l'impression que le serpent tatoué sur sa joue dressait la tête et remuait sa langue fourchue. Il a peut-être une astuce pour obtenir cet effet-là. Quelque chose qu'il fait avec sa bouche.

Et ensuite son prêche d'aujourd'hui. Il parlait de la paix sur terre, de systématiser les bonnes actions d'une manière tellement ingénieuse et réfléchie que ça m'a fait une peur panique. Il parlait comme un sauveur et il ressemblait à un dictateur, jamais auparavant je ne me suis rendu compte à quel point ces deux rôles sont proches. Je me suis blindée, je me suis faite lourde de tout mon corps sur la chaise inconfortable et j'ai fixé le clou où avait été accrochée la tête d'élan. Elle me manquait presque, elle était si ordinaire et terrestre. Mais je dois admettre que le prêche d'Adrian était entraînant et qu'il était difficile de s'en défendre, intellectuellement. On avait envie de simplement s'écrier : "Oui ! C'est exactement ça !" Et en même temps j'ai senti un froid au creux du ventre, comme si j'essayais d'ériger un mur de défense.

Les autres paraissaient avoir un autre vécu, ils l'ont tapoté dans le dos en riant et l'ont remercié de bon cœur. Tous sauf la Dame grise, on dirait qu'elle ne tient pas à participer à la discussion après le prêche, tout à coup elle n'y est plus, et on ne remarque jamais quand elle s'éclipse. Annette avait le sourire, fière de son Adrian, et moi je suis restée sans desserrer les dents. C'est peut-être pour ça qu'il s'entêtait à me regarder, comme si, maintenant qu'il avait gagné tous les autres, il devait s'attaquer à la dernière résistance. Les chiens font ça, ils s'obstinent à tourner autour des gens qui ont peur d'eux ! On dirait qu'il a senti que je trouvais sa robe et son tatouage désagréables, parce qu'il a sorti un portefeuille et m'a montré son permis de conduire en riant. Un monsieur aux cheveux courts en costume-cravate impeccable. La photo datait d'environ cinq ans, son tatouage doit être assez récent. Pourquoi l'a-t-il fait faire? Il ne peut que compromettre ses chances de retrouver un boulot de moniteur d'auto-école! La robe de moine aussi est peut-être une sorte de déguisement – pour confirmer qu'il a quitté une phase de sa vie et est entré dans une autre. Pourquoi me fait-il si peur?

Je suis tellement lâche, et faible, et passive.

Si je ne l'avais pas été, ça ne serait jamais arrivé, ce qui est devenu le trou noir dans ma vie. Ça ne se serait pas passé si j'avais eu le courage de résister lorsque, comme d'habitude, il choisissait pour nous deux le chemin à prendre. NON, je ne dois pas y penser! J'ai consacré les trois dernières années de ma vie à ne pas y penser, ce qui a eu pour résultat que j'y ai pensé tous les jours. Comme dans le conte du tapis volant qui peut vous porter uniquement tant que vous ne pensez *pas* à un lapin! Donc, tout le monde s'efforce de ne pas penser à un lapin, et y pense ainsi tout le temps. Le tapis ne peut jamais voler.

Annette ne me menace pas, elle répand distraitement sa bienveillance sur tous.

Je ne connais pas encore la Dame grise, mais elle aussi me paraît une présence chaleureuse et énigmatique. Comme un Gulf Stream qui tient la glace éloignée de nos ports sans que nous comprenions comment.

La chaleur de Bertil est différente, il s'assied souvent à côté de moi et me propose un flanc solide contre lequel m'appuyer. Au début, c'était très difficile de le faire, tout au long de ces trois dernières années j'ai eu une peur terrible du contact physique. C'est d'ailleurs une chose qu'ils utilisent contre moi sur mon lieu de travail. Ça ne peut pas être un hasard s'ils me heurtent si souvent, s'ils me tamponnent, me frôlent des pieds sous la table, je vois bien leurs sourires devant mon mouvement de recul. Mais je peux m'appuyer un peu contre la laine rêche du gilet de Bertil sans que cela me rebute.

Karim est plein d'ardeur et soucieux de faire plaisir, il n'est un danger pour personne. Il a sa famille, ses parents et un tas de frères et sœurs, là-bas en Iran, mais il n'est pas venu en Suède comme demandeur d'asile, il est venu pour faire des études de sciences. Il m'a confié aujourd'hui qu'il se trouve très bien à La Béatitude où la solitude ne lui pèse pas. Il a eu un frisson en prononçant le mot "solitude", comme si c'était une maladie innommable.

Puis il y a Wera, c'est vrai. Elle ne m'a rien fait, mais je pense qu'elle n'est pas celle qu'elle prétend être. Il y a une chose qui me dérange, elle est sans cesse en train de tâter quelque chose sous son foulard bleu, comme si elle trifouillait un abcès ou frottait un endroit douloureux. J'ai des visions cauchemardesques de ce qu'elle cache sous son châle.

Et je regagne le Lynx, mon affreuse petite chambre, où tout est inconnu et rassurant, je me couche et dors d'un sommeil que je n'ai pas connu depuis des lustres. Les lèvres posées sur mes six petites plaies.

Le rêve prend ses aises dans mon espace clos, il retrousse ses manches et fait un gros ménage qui envoie valser les certitudes.

Il fait entrer les visiteurs, morts et vivants, et leur montre la chambre d'amis derrière la porte lambrissée.

La musique d'ambiance diffusée par les haut-parleurs déverse frayeur et joie sur les tapis.

13

Wera

Ça commence à prendre tournure ici ! Je vais pouvoir citer de gros passages du "prêche" d'Adrian aux
lecteurs de *Circulaire*, j'ai pu enregistrer presque
tout et il n'y est pas allé avec le dos de la cuillère !
Et il débitait son laïus vêtu d'une robe de moine bleu
marine avec capuche ! Sur la poitrine à hauteur du
cœur, il y avait une broderie, un bonhomme stylisé
qui en tenait deux autres, plus petits, par la main.
Après avoir entendu sa prédication, j'ai le sentiment que le grand bonhomme, c'est Adrian, tenant
la petite humanité par la main…

Je suis tout aussi persuadée que c'est Annette qui
a manié le fil et l'aiguille. C'est une femme qui se
montre résolue dans toutes sortes de circonstances
– jamais je n'oserais me plaindre d'une chambre
d'hôtel si j'avais affaire à elle à la réception –, mais
devant Adrian toute sa rudesse semble la quitter et
elle devient une Mère avec son petit dernier adoré.
Une mère sévère par moments, certes, mais c'est
intéressant de la regarder quand il parle. Elle l'observe attentivement et suit le moindre changement
sur son visage, elle bouge même les lèvres comme si
elle répétait ses paroles en silence. Toute sa personne

me fait l'effet d'une de ces plantes qui poussent sur une autre – un épiphyte ? Annette, elle est comme un polypore qui parasite le tronc noueux d'Adrian.

Je crois que je vais centrer une bonne partie du reportage sur lui, les gens s'attendent forcément à une sorte d'Adrian dans ce genre de contexte : un homme (relativement) jeune avec des ambitions de sauveur et le don de la parole. C'est bien plus porteur que les murmures et les chuchotements de Madeleine. Cela dit, il faut voir, une fois que j'aurai trouvé ce que la miss trimballe dans son sac à dos ! Quant à ce que le polypore peut bien avoir à nous offrir, je n'arrive même pas à me l'imaginer…

Madeleine m'a demandé aujourd'hui si je m'étais fait mal au cou, vu que je n'arrête pas de me le frotter. Elle avait donc remarqué quelque chose quand je réglais le volume du magnétophone sous mon foulard, j'étais sans arrêt obligée de l'ajuster au timbre d'Adrian, qui alternait entre rugissement de lion et chuchotement théâtral. Je lui ai dit que j'avais effectivement un petit bobo, mais que je préférais ne pas en parler. Alors Bertil s'est évidemment mêlé de la conversation, et comme il est médecin, il a proposé d'y jeter un coup d'œil.

"Demain !" ai-je dit en faisant comme si j'étais épuisée puis je suis montée à ma chambre. Je me suis débarrassée de mes chaussures, j'ai défait le châle et me suis jetée sur le lit d'en bas, qui s'est mis à tanguer dangereusement. Puis j'ai appuyé sur le bouton play du magnétophone. Le chuintement d'Adrian en est sorti tel un serpent entre les murs gris et froids.

"Je t'appelle, DIEU, descends de ton ciel, sors de ta tombe, quitte les ombres, remonte de l'eau, descends des arbres, abandonne ton croissant de lune, délaisse les autels, les temples, les exégètes qui cultivent la glossolalie et toutes les idoles de pierre, de bois, d'or et de terre ! Viens à nous, ici et maintenant ! Montre enfin ton visage !"

Sa voix était sans cesse allée crescendo jusqu'à ce que les portes de la vitrine avec toutes les coupes se mettent à vibrer. Puis il avait tonné :

"Tu arrives sous maintes apparences, tu es suivi par de nombreux prophètes et sauveurs et prêcheurs, *et quand on te cherche, on te trouve toujours parce qu'on VEUT te trouver*. Et tu te laisses docilement trouver, *parce que tu n'existes pas et que tu n'as jamais existé* ! C'est pour cela que nous sommes en mesure de te trouver tel que nous désirons te voir, le dieu idéal, quelle que soit l'époque, quel que soit le lieu ou le monde d'où nous venons. *DIEU est DIEU parce que NOUS avons décidé de le sacrer Dieu. Ou de LA sacrer !*"

Un dieu au féminin ! Ça, c'était bien Adrian, se soucier d'être politiquement correct au beau milieu d'un prêche extatique ! Je me rappelle qu'en entendant ça, je me suis demandé ce qui avait réellement poussé Adrian à réunir ce groupe, alors qu'il reniait toute forme de religion dès le début de sa première prestation. Ses collègues à l'auto-école ne s'étaient-ils pas suffisamment intéressés à ses théories ? Avait-il prêché une fois de trop à un pauvre apprenti conducteur, mort de trouille, qui se débattait avec le levier de vitesse ?

Mais j'allais finir par découvrir qu'Adrian suivait son propre agenda. J'ai fait avance rapide pour dépasser quelques exclamations et des chuchotements théâtraux et le bruit de ses pas lourds quand il allait et venait devant nous, les bras levés et nous clouant du regard.

"Mais Dieu, ce n'est jamais TOI qui occupes la chaire, jamais TOI qui mènes la prière dans les temples ou qui chantes en haut des minarets. Dans les églises et sous les chapiteaux d'évangélisation, tu es présent sur des images et dans des chants, et c'est tout ! Tu n'existes que par tes exégètes, par la prêtrise, les prédicateurs, les prophètes et les auteurs des Saintes Écritures. Et tu es leur outil pratique, ils font de toi ce qu'ils veulent ! Avec « DIEU » de son côté, on peut duper des gens et les forcer à faire la guerre, à tuer et à massacrer leurs semblables, à brûler les sanctuaires d'autres communautés, à violer des femmes et des nations. Si l'exégète est fou, « Dieu » peut amener ses fidèles à s'empoisonner dans les jungles d'Amérique du Sud, il peut intoxiquer des voyageurs dans le métro de Tokyo ou mourir pour trouver la béatitude dans le sillage de la comète de Halley…"

Disant cela, il avait eu l'air complètement fou lui-même. Le serpent de son étrange tatouage bougeait la tête, l'avançant et la reculant sans arrêt. Ses yeux bruns étaient exorbités et je m'étais dit que si sa photo avait figuré sur le formulaire d'inscription au stage, il se serait probablement retrouvé tout seul à pérorer ici, à la rigueur avec Annette à ses pieds.

Il avait contemplé sa petite paroisse en plissant sévèrement le front, un peu comme s'il avait l'intention de nous laisser voter à main levée la question de l'existence de Dieu.

"Bien sûr, la religion des aumônes a toujours existé, des gens ont consacré leur vie à soulager la détresse au nom de Dieu – mais ils sont désespérément peu nombreux, comparés à ceux qui ont utilisé « Dieu » à leur propre profit ! Même notre vieille tante Teresa a pu faire carrière sur son Dieu et devenir une sainte – mais elle n'a pas su amener son Église à partager sa richesse avec autrui !

"Mais évidemment que DIEU existe ! avait-il rugi subitement. C'est-à-dire – pas en tant qu'être divin ! Mais *le concept* « DIEU », c'est le plus grand politicien, le plus grand manipulateur et lèche-bottes de tous les temps, et ses fidèles, ces abrutis malléables, peuvent se constituer en lobby, le plus grand de toutes les sociétés !"

Puis en baissant le ton de nouveau, il nous avait dévisagés à tour de rôle et avait pris un air rusé en chuchotant :

"Et les plus audacieux d'entre nous sont toujours libres d'utiliser DIEU à leur guise ! « L'opium du peuple », voilà ce que disait Marx des religions, qu'il abominait. « DIEU » maintenait les hommes tranquilles, obéissants et satisfaits.

Mais moi, Adrian, je dis que ça ne doit pas nécessairement se passer comme ça ! La religion et « DIEU » peuvent être utilisés au service du peuple, pour rendre le monde meilleur là où les souverains et les politiciens ont échoué ! « DIEU » comme un outil pour le bien de tous ! Des prophètes indiens ont proclamé la vache sacrée pour que les pauvres ne la mangent pas en période de disette. D'autres prophètes ont interdit la viande de porc avec ses parasites et ses vers nocifs pour l'homme – main dans la main avec « DIEU » et pour le bien du peuple !

Il faut réécrire les textes, dans un monde nouveau ! Et d'ailleurs, n'est-ce pas exactement ce que Marx a fait ? N'a-t-il pas créé une nouvelle religion avec la sainte Écriture *Le Capital*, et avec ses propres prêtres et docteurs de la loi ?"

(Pas mal, Adrian, pas mal !)

"Est-ce que vous me comprenez ?"

Son visage, avec la haute implantation de ses cheveux, avait semblé transfiguré, c'était peut-être juste un reflet du néon au-dessus de lui ?

"Si le concept de « DIEU » peut amener des gens à partir en guerre, il peut aussi leur faire choisir la lutte pour la paix, pour aider et soulager – et sauver le monde qui va bientôt SE CONSUMER dans les vapeurs de l'effet de serre !

« Dieu » a besoin d'un nouvel exégète dynamique et moi, Adrian, je suis ici pour créer, avec votre aide et devant vos yeux, la nouvelle RELIGION – celle dont le monde a réellement besoin !"

J'ai arrêté la bande sonore et me suis remémoré Adrian, son regard brûlant, sa longue robe, l'auréole que le néon faisait naître dans ses boucles clairsemées. Et le petit tressaillement qui se produisait sur sa joue lorsque sa voix passait du susurrement des saules au hurlement de Tarzan. Cet ancien moniteur d'auto-école… C'est sûr, ça doit être infiniment plus gratifiant de se trémousser devant nous en froc de moine que de gueuler "clignotant à droite" à des adolescents en nage.

Et je serais une grande hypocrite si je prétendais que son éloquence ne m'a pas touchée. Un orateur charismatique, qu'il soit d'un ridicule capricant comme Hitler ou kitch et imbu de lui-même comme Adrian, entraîne toujours les foules, c'est un phénomène que personne n'a jamais su expliquer. Tout au long de son sermon, j'ai senti mes joues chauffer et mon corps trembler d'exaltation.

Mais ça, je n'ai évidemment pas besoin de le confesser dans *Circulaire*.

14

Madeleine

Elles sont étranges, les journées ici à La Béatitude. Des journées solitaires, bien que nous soyons un groupe.

Nous avons pris la décision commune de nous faire réveiller vers huit heures du matin, et c'est le moment où la cloche retentit dans la cour. Puis, nous nous croisons dans les salles d'eau froides et nues, puis à la table du petit-déjeuner qu'Annette a préparé. Du pain complet, du thé avec un peu de miel, une tranche de fromage et parfois quelques fruits, secs ou en conserve. Elle a organisé ce séjour de retraite de façon à ne pas avoir à se rendre au village pour les courses plus d'une fois par semaine, c'est pourquoi nous avons rarement du lait ou des fruits frais. Pour le déjeuner, il y a des salades de haricots ou de la soupe de lentilles, au dîner nous mangeons le plus souvent un gratin de légumes racines, parfois avec un peu de jambon fumé ou une conserve de poisson. Et nous buvons de l'eau.

Après le petit-déjeuner, c'est "méditation personnelle" selon le grand emploi du temps qu'Adrian a affiché sur la porte de la cuisine. Nous utilisons tous ce moment différemment. Wera avec son blouson de cuir reste dans sa chambre ou va fumer sur la terrasse. Elle laisse tomber la cendre dans les plates-bandes, d'une petite chiquenaude élégante, et elle écrase les mégots sur la rambarde.

Annette est dans la cuisine la plupart du temps, à préparer des plats. Je lui ai proposé mon aide, mais elle décline toujours l'offre avec ces mots obscurs : "Bientôt ton temps viendra de donner un coup de main."

Adrian reste en général assis devant le grand bureau qui appartenait à l'administration des scouts, il écrit dans un épais livre noir à la couverture rigide. Je ne sais pas ce que fait Karim, pour l'instant il semble surtout errer au hasard, essayant de se rendre utile ou de créer des complicités. Pour ma part, je fais souvent un petit feu dans la cheminée – j'ai toujours froid ici, un froid qui me pénètre jusqu'à la moelle des os – et ensuite je reste enroulée dans une couverture à contempler les flammes qui me renvoient des images en tous genres. Certaines terribles, d'autres incompréhensibles. Il me semble qu'on peut tout à fait appeler ça une sorte de méditation.

Les seuls qui sortent du lot sont Bertil et la Dame grise. Ils quittent souvent la maison pour une promenade, je ne sais pas où, ils restent absents jusqu'au déjeuner. Une fois je les ai regardés par la fenêtre avant qu'ils franchissent la grille, ils avaient vraiment un drôle de comportement. Ils allaient voir de près les arbres sur le chemin d'accès, laissaient leurs doigts courir sur l'écorce comme pour montrer quelque chose, ils s'accroupissaient sur la route et filtraient le gravier entre leurs doigts, ils se désignaient des oiseaux l'un à l'autre. Comme des enfants. Ils ont peut-être tous les deux une formation scientifique?

Dans l'après-midi, nous faisons en général une promenade dans la forêt. Nous avons sûrement l'air bizarre, à marcher là dans le sous-bois broussailleux avec nos bottes en caoutchouc : Adrian en doudoune argentée d'où dépasse sa robe de moine – il dit qu'il la porte pour garder toujours à l'esprit sa mission. Annette qui se fait de plus en plus distraite – elle avance, le regard perdu dans le lointain. Aujourd'hui elle avait oublié d'ôter son tablier, si bien qu'elle aussi avait un bout de tissu qui dépassait de sa parka, la même, d'ailleurs, que celle d'Adrian. Karim gambade devant nous et écarte les branches, on dirait qu'il attend qu'on le complimente. Wera porte un appareil photo numérique en sautoir autour du cou, elle nous photographie sans arrêt à partir d'angles de vue des plus inattendus, à plat ventre sur le sentier ou à travers une fourche d'arbre. Ça m'inquiète qu'elle prenne tant de photos, qu'est-ce qu'elle va en faire? Elle dit qu'elle est professeure remplaçante, mais elle évite mon regard quand je demande à quelle école. Un peu partout, murmure-t-elle. Parfois je me demande si tous ici à La Béatitude, nous n'avons pas nos secrets. Aucun aussi terrible que le mien, ça, j'en suis sûre. Aucun.

Nous mangeons vers quatre heures de l'après-midi puis nous nous retrouvons pour le prêche à six heures. Il fait nuit dehors et nous entrons dans la salle à la queue leu leu et nous installons en demi-cercle autour de celui qui va parler. Aujourd'hui, Annette n'était pas là pour le repas. Adrian a sorti du four un gratin de chou légèrement brûlé et quand nous avons eu fini de manger, il nous a lancé un regard éloquent, à Wera et moi. J'ai saisi le message et me suis attaquée à la vaisselle. Wera a disparu dans sa chambre, totalement imperturbable.

C'est au tour d'Annette de tenir le forum ce soir. Je l'ai vue porter une sono et deux grands candélabres dans la salle de réunion. Un instant après, elle est passée devant ma porte, un sac-poubelle plein dans les bras. Elle paraissait excitée et de bonne humeur, ses yeux étincelaient et elle fredonnait une petite mélodie d'une voix rauque assez belle. J'espère pour elle que la soirée sera réussie, tant de choses à La Béatitude dépendent de son travail, je pense que nous ne l'apprécions pas suffisamment.

Je me suis étendue sur le lit pour me reposer un instant avant le prêche, dans la certitude d'être réveillée par la cloche et la cuillère en bois d'Adrian.

L'enthousiasme d'Annette m'a rendue mélancolique. Moi, j'ai l'impression d'avoir saboté tous mes rêves.

Mais peut-être continuent-ils à vivre leur vie ailleurs? Ils sont peut-être montés au ciel où ils sont en train de grignoter les bords du trou dans la couche d'ozone... À moins qu'ils ne se soient doucement éteints par manque d'oxygène...?

Juste avant de sombrer dans le sommeil, je vois une morgue remplie de rêves, où je me promène sans même être capable d'identifier les miens.

15

Circulaire

Extrait de l'épisode quatre de la série d'articles "Chacun à sa façon" de Wera Bodhin.
Sous-titre : "Je lui crache au visage, à ce barbu !"

En choisissant d'être Earth Mother *pleine d'abnégation, petite bonne à la disposition de tout le monde et plus particulièrement d'Adrian, Annette a évidemment gâché sa vie.*

Dans le show-biz, elle aurait été une star !

Sa représentation fut inoubliable. Nous étions tous là, formant notre demi-cercle. La pièce était plus sombre que d'habitude, l'éclairage blanc-bleu au plafond, qui nous donnait toujours un air blafard de cadavres noyés, était éteint, mais sur des tabourets de part et d'autre de la place du prédicateur brûlaient deux grands candélabres. Annette se tenait immobile entre les deux, dans un étrange accoutrement qui semblait tissé de plumes d'oiseau et de matériau naturel, peut-être de l'étoupe et du lichen. Elle l'avait probablement bricolé elle-même, mais au rayon chic de NK*,

* Nordiska Kompaniet : grand magasin du type Galeries Lafayette.

sa création aurait certainement coûté dans les 15 000 couronnes*, au bas mot.

Elle s'est mise à parler d'une voix douce et assourdie.

"Quand j'étais petite, j'habitais un village où les enfants étaient en classe unique à l'école communale. Les garçons faisaient du judo et rêvaient de devenir pilotes de Formule 1. Les filles faisaient de la danse classique et voulaient devenir infirmières. Et tous les trois ans, il y avait une immense assemblée de réveil évangélique sous chapiteau dans la ville voisine."

Là, j'ai commencé à m'inquiéter. Elle n'allait tout de même pas nous sortir des Alléluia et J'ai rencontré le Seigneur ? Des impositions des mains ? Mais je l'avais sous-estimée.

Elle a continué à parler de la foi extatique des premières années, de sa confirmation, de ses nuits d'angoisse quand elle luttait contre son désir d'enfreindre l'interdit. Et elle a raconté comment elle avait été séduite après le show par un prédicateur charismatique avec une flasque dans la poche. Une histoire banale, mais intéressante en soi. Ça allait nous mener où, tout ça ? Elle a poursuivi :

"C'était si facile ! Tous les morceaux du puzzle avaient trouvé leur place. Ma mission était de le servir et de le soutenir, de le suivre partout et par tous les temps. Ma bible me disait que la tâche des femmes était d'obéir humblement, de se taire et de servir. Et c'est ce qu'il m'a hurlé quand je l'ai surpris en train

* Soit un peu plus de 1 500 euros.

90

de baiser ma petite sœur dans les vestiaires après une assemblée. Elle avait treize ans."

Là, je crois que nous nous sommes tous redressés sur nos chaises.

"Je saute les années qui ont suivi. Les années où je suis allée lire aux sources pour vraiment savoir. Les années où j'étais persuadée que les hommes haïssaient les femmes. Pourquoi fallait-il qu'ils nous dominent, pourquoi avaient-ils même inventé un Seigneur qui avait systématisé notre esclavage et fait de nous des servantes obéissantes ? Tout en affirmant de la façon la plus rusée que le service docile, la soumission, la pudeur, la chasteté, la miséricorde sont des qualités sacrées… Ces prophètes, tous des hommes… Pourquoi les femmes devraient-elles croire en un dieu qui ne les estime même pas dignes de répandre sa parole ? Un dieu qui ne veut pas voir leurs visages, qui considère qu'elles appartiennent aux hommes, tel du bétail ? Ou une foi qui dit qu'elles doivent renaître comme hommes pour avoir le moindre espoir de rédemption ?"

Tout le long, sa voix enflait dans le plus pur style d'Adrian, le polypore avait fini par tirer sa leçon de l'arbre ! Elle est restée immobile à respirer profondément un instant en dardant les yeux sur les trois hommes qui se faisaient tout petits devant elle.

"QUEL EST CE « DIEU » QUI TROUVE LA MOITIÉ DE SON ŒUVRE MOINS DIGNE QUE L'AUTRE, ALORS QU'IL S'EST DONNÉ LA PEINE DE NOUS CRÉER TOUS ?"

Ici elle a fait une pause et s'est calmée un peu. Elle a agité ses voiles emplumés et regardé *pensivement les flammes des chandelles, avant de reprendre.*

"Je me suis demandé comment les premiers êtres humains se représentaient la création. Ils voyaient que tous les êtres, hommes comme femmes, venaient du CORPS D'UNE FEMME ! Ils devaient FORCÉ-MENT penser que le créateur du genre humain était une femme ! Et c'est pourquoi les premiers dieux n'étaient pas des DIEUX, mais des Déesses ! On les adorait dans le monde entier, les déesses soleil... la Grande Mère... des prêtresses magiques à Cnos-sos... Et lorsqu'on rend le culte à une déesse, on adore aussi la féminité. Pouvoir donner la vie et la préserver, la nourrir et en prendre soin. Pouvoir jouer avec les enfants comme un enfant, chanter et danser... Et pourtant avoir du pouvoir, comme le parent a pour toujours du pouvoir sur son enfant.

Que s'est-il passé ? Les femmes, les déesses, se sont-elles laissé attendrir par leurs enfants ? Les ont-elles trop gâtés, ces garçons forts et grognons qui se bagarraient comme des renardeaux, ont-elles eu trop de tolérance pour leurs bêtises ? Jusqu'à ce que, au bout de quelques siècles à se surveiller mutuellement et jalousement et à se battre pour les soins maternels, ils comprennent soudainement qu'ils avaient grandi et étaient plus forts qu'elles ! ALORS ils ont fait le grand chamboulement qui a empêché la terre de tourner pendant quelque temps et qui l'a ensuite fait tourner dans l'autre sens. Ils ont pris le pouvoir !

Trois grandes religions guerrières avec un SEI-GNEUR sanguinaire en tête ont été proclamées : le judaïsme, le christianisme et l'islam ! Elles ont avancé en pillant et en saccageant, vaincu les peuples des déesses, moins guerriers, et elles ont brisé les idoles féminines et les temples ! Ces gens et leurs successeurs ont instauré un culte de la mort, ils adorent la souffrance et le sang et la croix, cet instrument de torture, ils transforment en saints ceux qui sont morts d'une manière particulièrement atroce ! Ouvrez au hasard l'Ancien Testament et vous trouverez partout des héros qui sans état d'âme massacrent hommes, femmes et enfants par milliers pour plaire au SEIGNEUR ! Vous trouverez des prophètes prêts à sacrifier leur propre enfant et dans le Nouveau Testament même un DIEU qui le fait, à sa propre gloire ! Quelle déesse aurait agi ainsi ?

N'avez-vous jamais remarqué que l'armée d'hommes du SEIGNEUR est totalement monomaniaque ? Leur culte consiste à opprimer les femmes ! Ils les enferment, les mettent à l'écart, exigent d'être servis par elles et leur ordonnent de se taire... Les catholiques les obligent à avoir recours à des avortements illégaux, les talibans brûlent les écoles des filles et leur interdisent de se montrer, les rabbins leur interdisent de divorcer...

Chez les peuples guerriers, les femmes sont soumises, encore et encore, et humiliées, jusqu'à ce qu'elles-mêmes se considèrent comme petites et faibles ! Et c'est pour ça que tout ce qui est féminin devient honteux et impur dans les religions du SEIGNEUR, les règles et l'accouchement et le corps féminin. Et c'est pour ça que les hommes qui ne domptent pas les femmes sont considérés comme *des traîtres au clan des guerriers et doivent être poursuivis ! C'EST POUR ÇA que le SEIGNEUR hait les homos !*

Et nous en sommes là aujourd'hui, dans la grande ironie insensée ! Les femmes se détestent, elles baissent la tête avec soumission et se font un point d'honneur d'être les servantes des hommes – pourtant ce sont surtout les femmes qui fréquentent les églises et qui adressent leurs prières à ce Seigneur qui les méprise tant ! Alors que les femmes pasteures, ces transfuges, s'imaginent qu'elles peuvent attribuer à la déesse un petit recoin dans la maison du SEIGNEUR..."

Elle a reniflé et regardé fixement les trois hommes devant elle. Adrian faisait frénétiquement tourner sa langue derrière la joue et son serpent tatoué avait l'air de frapper sans arrêt. Que vont-ils se dire, ces deux-là, au moment d'aller au lit ? me suis-je dit en me rappelant la question que j'avais posée au pasteur qui m'enseignait le catéchisme : "De quelle manière Dieu est-il un homme ? A-t-il un sexe céleste qui pend entre les cuisses divines ?"

Annette a levé les bras vers le plafond et a paru retrouver le chemin de sa rage. Elle a crié de toute la force de ses poumons :

"MERDE AU « SEIGNEUR », LE CHEF DE FILE DES PERSÉCUTEURS DE FEMMES TOUT AU LONG DES SIÈCLES. JE LUI CRACHE DROIT AU VISAGE, À CE BARBU ! JE REFUSE D'ÊTRE IMPURE ET FAIBLE ET LE SEUL SANG EN LEQUEL JE CROIS EST CELUI-CI !"

Elle a vivement glissé la main derrière les plumes et les végétaux et en a tiré une serviette hygiénique pleine de sang qu'elle a agitée dans l'air comme un petit drapeau !

On a entendu le bruit d'une chaise qui se renversait. Karim s'était évanoui.

16

Wera

"… Et à partir de maintenant, on se répartit le travail du ménage et de la cuisine, a dit Annette. Vous l'avez tous compris, j'espère. Je n'ai pas l'intention de continuer à être à vos petits soins. Je me suis quand même occupée de tout jusque-là ! Maintenant les déesses et les guerriers se relayeront pour la vaisselle !"

Elle a affiché un sourire mal assuré, elle n'avait pas l'habitude des plaisanteries.

"Mais je veux bien participer à la cuisine avec vous tous, a-t-elle poursuivi. Adrian prendra la responsabilité de la caisse et des achats.

— Moi ?" a dit Adrian.

C'était apparemment une surprise pour lui aussi.

Cette Annette – je ne penserais plus jamais à elle comme un polypore sur le tronc d'Adrian. Elle s'est ruée à travers les firmaments des dieux en répandant de la dévastation partout, comme une walkyrie féministe en tablier avec tournesols. Génial !

Il n'y a pas eu de tisane après le prêche d'Annette, seulement un petit moment d'échanges dans la pièce détente. Madeleine a sorti un carnet et s'est méticuleusement mise à nous répartir en groupes qui prendraient la responsabilité des repas. Bertil et la Grise ont accepté plus de temps dans la cuisine que nous autres. On m'a attribué Karim comme coéquipier et j'ai soupiré en douce. Qu'est-ce qu'on pouvait attendre comme aide dans le travail ménager de la part d'un musulman ? Mais je ferais avec. Je ne savais pas combien de temps je pensais rester, mais j'avais envie d'entendre au moins le premier prêche de chacun, et il en manquait encore trois, en plus du mien.

Celui-là, je ne voulais pas le louper non plus, d'ailleurs !

La Grise a disparu comme d'habitude sans que personne ne remarque ni quand ni comment. J'ai cessé de me demander si elle est une journaliste concurrente. Elle est allée péter un câble dans d'autres sphères que celles du simple monde des médias, voilà ce que je crois. Et elle ne me fera pas vider mon sac encore une fois !

Annette a ramassé ses "accessoires" et est dignement partie, la tête haute. Adrian paraissait consterné et il a longuement regardé derrière elle. Annette, qui demandait toujours si quelqu'un avait faim et voulait un en-cas avant de se coucher ! Lui, il avait justement l'air d'en vouloir un, mais sans vraiment savoir d'où sortaient les sandwichs. Un gourou qui veut sauver le monde, et qui ne trouve pas le chemin du garde-manger ? Il en a peut-être toujours été ainsi. Même Jésus avait sa Marthe pour faire la tambouille et lui essuyer les pieds avec ses cheveux. Sans parler de Martin Luther ! Il aurait été totalement à l'ouest sans sa bourgeoise, Katarina von Bora, c'est elle qui assurait le quotidien et préparait à manger à tous les disciples qu'il traînait à la maison.

Bertil et Madeleine avaient approché leurs têtes et réfléchissaient à la répartition des tâches. J'ai vu Bertil poser sa main sur l'épaule de Madeleine, elle s'est figée et ramassée sur elle-même pour se protéger du contact, mais elle n'a pas enlevé la main. Ceci risque de devenir intéressant. Si des hordes d'ados arrivent à se passionner pour les histoires d'amour insipides des feuilletons télés nuls à chier, il devrait bien y avoir quelques lecteurs de *Circulaire*, parmi les plus âgés, pour avoir envie de savoir si Madeleine et Bertil vont conclure ? Ou bien est-ce la petite Grise qui est sa promise ?

J'allais juste me retirer pour gagner ma chambre lorsque Bertil a subitement levé la tête. Son regard bleu de glace m'a clouée dans le canapé, et il est venu me rejoindre.

"Maintenant je veux jeter un coup d'œil à ton petit problème !" a-t-il dit avec beaucoup d'autorité.

Quel petit problème ? ai-je pensé, alarmée. Ah oui, la plaie que j'ai prétendu dissimuler avec mon foulard, pour pouvoir manipuler mon micro en paix ! Qu'à cela ne tienne ! J'avais déjà glissé le foulard et le magnéto dans mon sac. J'étais un peu enrhumée et j'avais des ganglions, je pouvais toujours dire que c'était ça qui me tracassait.

"Ce n'est pas vraiment une plaie, ai-je murmuré, le regard baissé. Mais je m'inquiète pour une boule que j'ai là, sur le côté…"

Il a hoché la tête et s'est assis sur l'accoudoir. Avec des doigts sûrs, il a doucement palpé mes ganglions. Ce n'était pas désagréable. J'ai fermé les yeux.

C'est pourquoi j'ai loupé son expression. Après coup, j'ai compris qu'elle devait être soucieuse.

"Wera, tu n'as aucune raison de t'inquiéter, a-t-il dit au bout d'un moment. Mais j'aimerais quand même faire un prélèvement. Déformation professionnelle, tu sais. Médecin un jour, médecin toujours ! J'ai même apporté ma vieille sacoche !"

Prélèvement ? De mes ganglions ? Je savais qu'ils étaient légèrement gonflés parce que je trimballais ce rhume, mais lui ne le savait pas. Alors qu'est-ce qu'il imaginait ? Et est-ce que ça allait me faire mal ?

"Quand ? ai-je marmonné. Et comment ?

— Dès que possible. Et non, tu ne sentiras presque rien, une toute petite piqûre. Demain, j'irai faire des courses avec Adrian, j'en profiterai pour l'envoyer au labo.

— D'accord. Après le petit-déjeuner demain alors."

J'ai hoché la tête en direction du groupe puis je suis montée dans ma chambre.

J'ai consacré le reste de la soirée à fignoler mon prêche. J'avais quelques jours devant moi, la Grise parlerait avant, et je voyais ça comme un avantage. Il ne devrait pas être trop difficile de lui damer le pion, je me suis dit qu'elle allait piailler un truc New Age sur notre lumière intérieure et nous faire écouter un peu de musique de flûte et de chant de baleine. Ensuite, à moi le devant de la scène.

J'avais lâché l'idée du gnosticisme pour mon prêche, j'étais tout simplement trop paresseuse pour assimiler toutes les données qui les tiendraient éveillés pendant une heure. Aussi, j'allais parler librement, laisser ma langue se lâcher dans une sorte de philosophie maison.

Voyons voir, c'était quoi la première question sur le formulaire eschatologique qu'Adrian avait pondu ?

1) D'où venons-nous/qui ou quoi nous a créés ? Pourquoi existons-nous et que se passera-t-il après notre mort ?

Hum… Je crois que je tenterai un truc agnostique, là. Un peu comme dans les jeux télévisés : "La réponse aux questions A, B et C, c'est « on sait pas » !" Si nos sens avaient pu nous donner un indice de l'existence d'une réalité au-delà de celle qu'on connaît déjà, on l'aurait su à ce stade – en tout cas, moi je n'ai pas d'autres sources d'information que mes cinq sens. Et *si* quelque part il y avait eu des apparitions crédibles, elles auraient aujourd'hui été soigneusement consignées, examinées, discutées à l'antenne et traitées dans des thèses de doctorat et à tous les coups prouvées par des gens disposant de matériel vidéo et photo ! Tout le monde a ça aujourd'hui, sortez vos appareils numériques si jamais des lueurs mystérieuses devaient se montrer, ou des moisissures dessinant le visage de Jésus !

Personne n'a encore réussi à profaner mon petit esprit méfiant et acariâtre avec des mystifications évangéliques, et si un jour je me sentais merveilleusement rachetée de mes péchés, j'irai immédiatement consulter un psy !

Mais qu'est-ce qui m'empêche de choisir une manière de gérer la réalité ? Je veux dire, pourquoi est-ce que je n'aurais pas le droit de changer de registre et de me créer un dieu à ma convenance? Ils font ça même dans les religions ordinaires et certifiées – regardez tous ces catholiques qui ont presque perdu tout intérêt pour Dieu, ils semblent donner plus d'importance à Marie qu'au Seigneur lui-même et à son fils. Elle, la *mater* céleste, aimante et patiente qui les accepte quoi qu'il arrive! Parce que le *pater* est plus difficile à côtoyer, comme Annette l'a si judicieusement fait remarquer – un type violent, grincheux, qui s'attend à être servi par la gent féminine dans son ensemble. Dans d'autres cultures, des gens se sont servi d'Allah pour rendre leurs femmes plus ou moins esclaves. Futé, et tellement pratique!

Et autre chose! Toutes les cultures depuis l'aube des temps ont eu des mythes et des dieux – et à moins d'être cinglé au point de croire en tous, on est bien obligé de tirer la conclusion que c'est un simple mortel qui les a bricolés au coin du feu dans sa hutte! Mais pour des raisons évidentes, on ne saura jamais qui en est l'auteur… Je parie que chaque petit païen au cours de l'histoire a inventé sa propre légende privée quand le besoin se faisait sentir! Pourquoi ne ferais-je pas pareil? Les gens manquent d'imagination, ils croient que les dieux ont besoin d'avoir des milliers d'années à leur actif pour faire l'affaire!

Là, j'ai l'intention de me fabriquer un dieu pour chaque occasion de la vie, un peu comme lorsqu'une femme du monde compose sa garde-robe: un tailleur pour des déjeuners ordinaires en semaine, une robe de gala et une tenue pour la maison. Et chaque vêtement sera doté d'un rituel et d'un mythe ! Car les rituels sont bien plus importants que les dieux, voilà ce que je crois : ils peuvent nous aider à nous débarrasser d'une culpabilité, à trouver une consolation, à avoir l'impression d'être vus, à exprimer de la joie et du chagrin… Avec l'aide des rituels, on peut se faire croire qu'on a la mainmise sur sa propre vie ! Et n'est-ce pas ce qui est l'idée générale derrière toutes les religions ?

Réfléchissons…

Il me faut une Déesse de la joie, à remercier et à qui faire des offrandes quand la réussite me sourit. Je crois que je vais l'appeler *Allegria*. Son symbole sera le paon, qui déploie seulement de temps en temps sa queue spectaculaire. Il faudra que je dégote une photo d'une femme vêtue de blanc avec un paon à son côté, je trouverai ça sur le Net et je ferai un montage avec Photoshop… Et je lui préparerai un autel avec une nappe blanche, la couleur de la joie, une plume de paon et une bougie flottant dans un bol avec des roses. Puis j'essayerai de les amener à rire aux éclats, un rire collectif ! Il existe des gourous qui se font des couilles en or avec ce genre de stages, alors je suppose que ça fera de mal à personne !

J'offrirai un peu de danse exotique à Adrian, il semble en avoir besoin. Pour m'entraîner, je déplace la chaise et me trémousse un petit moment dans ma chambre en agitant frénétiquement quelques bouts de tissu vaporeux. Génial ! Je me prends au jeu, même sans musique. Ça se présente bien !

Il me faut aussi un Dieu de la déception. *Blor?* Il faut qu'il soit grotesque, avec de longues oreilles lourdes et pointues, une langue agile, un ricanement malin. Je devrais pouvoir trouver son image aussi sur un site de *fantasy* quelconque. Je m'approcherai de lui à quatre pattes, vêtue d'un drap noir tout en m'efforçant de revivre, pas à pas, une grande déception! Puis simplement : Voilà pour ça! Maintenant on va continuer, ma petite âme et moi! Et je le recouvrirai vivement du drap, aux tons de *I will survive*… À moins que ce ne soit trop kitch? *L'Empereur* de Beethoven, plutôt, le premier mouvement. Personne ne peut faire la moue en l'écoutant, ce concerto.

Y aura-t-il un seul de tous ces gens en quête d'une foi pour gober ça et croire que je suis sérieuse? Il n'y a qu'une seule façon de le savoir.

Mais j'épargnerai mes dieux bricolés maison aux lecteurs de *Circulaire*.

17

Madeleine

La Dame grise. Elle est entrée vêtue de sa robe toute simple et a pris possession de la salle avec une autorité que j'ai du mal à expliquer. Je n'ai jamais rien vécu de la sorte. Et pourtant, au cours de mes années dans la fonction publique, j'ai travaillé sous plus d'un chef tyrannique et redoutablement despotique. Elle ne nous a pas dominés, ce n'était pas ça, elle n'a pas régné sur nous. Elle était là, et elle nous a invités à la rejoindre.

D'abord elle est allée à la fenêtre ouvrir les rideaux jaunes et poussiéreux. Elle a éteint la lumière de la pièce et attendu que nos yeux s'accommodent. Dehors, la nuit était étoilée, nous pouvions deviner l'orée du bois et un bout du ciel. Puis elle a commencé à parler. Nous l'apercevions seulement comme une silhouette devant la fenêtre, sa voix était un alto chaud. Elle parlait lentement, en faisant de longues pauses entre les phrases.

"De même que le ciel nocturne de ce soir
nous éclaire de lumières
déjà vieilles de milliers d'années,
je sais que le présent n'est pas maintenant

mais seulement une manière de décrire ce qui
    aura été.
Le passé existe,
le futur existe,
mais pas le présent.

La vie est ce qui a été
et ce qui sera.
Elle est un décompte et un compte à rebours
des levers et des couchers du soleil
un désir de nous arc-bouter
contre cette attente qui est la nôtre.
Comme ils nous ressemblent,
les animaux qui cherchent une proximité
dans un monde qui refuse de ne rien céder ;
nous tendons vers le fond, vers le fond
vers n'importe quoi qui ressemble à un noyau.
Seul là-dedans se trouve ce vers quoi nous ten-
    dons,
la volupté nue et crue.
Lorsque nous sommes au plus près,
roulés en boule au creux du berceau,
nous nous sentons enfin adultes.

Tout ce qui nous maintenait dans nos moules
lâche prise,
tout ce qui encombrait notre terrain
est maintenant méticuleusement aligné
dans une ivresse de clarté
lorsque pour la première fois nous
entendons la vérité sur notre choix :
C'est pour la vie que nous nous sommes arc-boutés

que malgré la pression nous nous sommes élevés
hors du gouffre jusqu'à la surface.

Et peut-être sommes-nous déjà choisis.
Comme les chants.
Pour maintenir les chapelles ouvertes de nombreu-
    ses années encore.
Lorsque nous sommes chantés."

Le temps est resté suspendu. Personne n'a parlé.
Au bout d'un très long moment de silence, elle s'en
est allée, aussi discrètement qu'elle était venue. Peu
de temps après, nous nous sommes levés aussi et
sommes partis. Personne ne s'est attardé pour discuter, nous nous sommes simplement regardés avec
un petit hochement de tête. Puis nous avons gagné
nos chambres.

*

Cette nuit-là, j'ai fait un rêve merveilleux.
J'arrivais sur un ferry à une île inconnue. Avec
un groupe de touristes, je montais dans un bus pour
aller visiter une sorte de château, ou un monastère. Nous traversions de grandes salles qui réson-
naient. Nous regardions sans trop d'enthousiasme
des objets anciens, jusqu'au départ du bus. On nous
installait dans un petit hôtel près du port et c'était le
soir. Subitement je me rendais compte que j'avais
oublié mon sac à dos et je retournais à pied au château, seule. Il faisait presque nuit, un crépuscule
turquoise et transparent, le château était noir, mais

éclairé par des torches. Tout était soudain si diffé-rent ! Un moine souriant m'ouvrait la porte et me faisait entrer dans les salles, qui étaient maintenant remplies d'animaux qui jouaient, de clowns et d'us-tensiles incompréhensibles, peut-être des machines en état de marche ou simplement des œuvres d'art. Le moine m'introduisait dans une pièce en haut d'une tour, avec deux fenêtres. Celle de gauche était fouettée par une tempête, et de grosses vagues grises et mousseuses venaient en frapper le bord. L'eau entrait, elle coulait par l'encadrement et trempait le papier peint fleuri et pâli. Mais derrière la fenêtre de droite, le soleil brillait sur un parc verdoyant, aucun vent ne faisait bouger les cimes des arbres. Le moine me souriait chaleureusement et je savais qu'il voulait dire que si cette pièce existait, c'était pour montrer que toutes sortes de choses étaient possibles – et simultanément.

Je prenais mon courage à deux mains et lui demandais : "Mais pourquoi n'avons-nous pas vu tout ceci cet après-midi ?"

Et il répondait : "Cet après-midi, vous êtes tous venus ici expressément. Alors qu'on ne peut venir à ceci que par erreur. Laisse-moi prendre ton sac à dos !"

Je le lui tendais, puis je me suis réveillée avec une sensation extraordinaire de paix et de légèreté et j'ai su que tout était possible. C'est resté en moi toute la matinée.

18

Wera

"Un, deux, trois, quatre, cinq et six et seeept
Dans la forêt on va faire cueilleeette…"

Ils marchent en file indienne dans la forêt trempée, Adrian en tête avec le sigle du croissant de lune argenté dans le dos de son blouson. Ses tatouages brillent, presque noirs sur sa peau pâle et bleuie par le froid : le troisième œil sur le front, le serpent qui ondule sur l'os de la pommette et tire une langue fourchue au coin de sa bouche. Ce n'est pas spécialement bien fait, on pourrait presque croire qu'il s'est bagarré corps à corps avec un stylo à bille pendant une cuite.

Deux pas derrière lui – comme toujours – trottine Annette. Elle lève haut les pieds, des enjambées maladroites comme une grue dans un champ. De temps en temps elle s'arrête pour enlacer un tronc d'arbre, les yeux fermés, et toute la file fait halte et attend qu'elle termine sa fusion avec la nature. Elle fredonne un air dissonant qui se mêle au susurrement froid du vent d'automne. Ses cheveux sont gras, ou mouillés peut-être. Elle est appétissante comme un gâteau à la crème qui date d'un jour ou deux et qui a séché sur les bords. Mais je n'ai désormais aucun problème pour me l'imaginer avec un couteau de sacrifice à la main. Pour trancher des parties choisies du SEIGNEUR.

Karim gambade, comme toujours attentif à ce qui se passe autour de lui. Sa tête bouge comme celle d'une chouette vigilante quand il essaie de capter l'entourage. Le visage basané avec la barbe de fin d'après-midi s'est figé en un sourire, bien que personne ne le regarde suffisamment longtemps pour saisir sa politesse. Si, une personne le voit, elle voit Karim qui est si souvent transparent pour tout le monde. La Grise derrière lui. Je n'arrive pas à l'appeler Eve-Marie, d'ailleurs personne d'autre ne le fait non plus.

Elle est la grande énigme, alors que c'est elle, la moins fantasque de toute la troupe bigarrée qui avance sur le sentier. Une femme grisonnante de taille moyenne, vêtue d'un manteau pratique en popeline grise, avec une écharpe verte et douce autour du cou. Elle a la démarche déterminée d'une cueilleuse de champignons, scrute le terrain d'un regard rapide bien que la saison de la cueillette soit passée depuis longtemps. Ses pas sont légers et stables sur le sentier irrégulier où pointent des racines noueuses. Qui est-elle donc ? Je n'ai toujours pas avancé, ne serait-ce que d'un millimètre, dans la réponse à cette question.

On ne parle pas souvent avec elle. Ce serait déplacé, tout simplement. Mais elle, elle nous Parle.

Bertil la suit de son allure balourde, un pli soucieux sur le front. Il aurait sans doute préféré marcher devant elle et de temps à autre étendre son corps enveloppé sur toutes les aspérités comme une passe-relle où elle poserait son pied. Il s'embrouille avec son parapluie dans les branches basses en essayant de la protéger de la pluie, mais elle se contente de secouer la tête avec un sourire. Pourquoi est-ce que je trouve que les gouttes d'eau vont à ravir à la Grise, comme des bijoux scintillants, alors qu'elles donnent un aspect gelé et détrempé aux autres ? Bertil souffle lourdement et se déplace comme un ours. Comme un ours qui a un peu honte, la tête baissée et le regard rivé au sol. Mais quand la Grise sourit, il se met lui aussi à sourire.

Madeleine regarde fixement droit devant elle ; si elle voit quelque chose, c'est le dos de Bertil, qui porte un coûteux imperméable anglais avec col en cuir. Je ne sais toujours pas si elle est simplement déprimée ou totalement frappadingue. Je le saurai avant que ceci soit terminé. Et comme j'utilise des noms fictifs dans ma série d'articles, je vais pouvoir la présenter grandeur nature, avec toutes ses particularités. Et va savoir – la Grise ne serait-elle pas en train d'empiéter sur ses plates-bandes en ce qui concerne Bertil, dans ce *soap opera* alternatif pour âge mûr ?

J'essaie de les voir comme des figures allégoriques, comme dans *Le Septième sceau* de Bergman.

Adrian… *le Sauveur* ? Il semble avoir des ambitions dans la branche.

Annette – la walkyrie païenne. Ou *la Mère* ? Je crois qu'elle a dit qu'Adrian et elle n'avaient pas eu d'enfants. Une mère pour tous – et pour personne.

La Grise – hum… L'oracle ? La sibylle ? Pi ? Non, *la Sibylle* ! Elle exprime des choses que je comprends à peine, mais il faut dire qu'en ce que le prof appelait "analyse de poésie", j'étais la dernière de la classe. Être obligée de tout interpréter, ça avait le don de me mettre en pétard. Je veux que les mots aient une seule signification, point final. Ou deux à la rigueur.

Puis on a Bertil. *Le Médecin* est le seul rôle que j'arrive à lui trouver. Il faut voir comme il a insisté pour ma boule sur la gorge – il a du mal à lâcher sur ce point. Bien que pour une raison que j'ignore, il ne soit plus en activité.

Madeleine, j'aimerais l'appeler *la Fonctionnaire*, mais ça ne me semble pas suffisamment poétique. Mais au fait, ce matin au petit-déjeuner, elle a dit un truc étrange ! Ça sortait du cadre, tout comme sa lubie macabre de nous demander de la taillader avec un canif ! J'ai fini par essayer de me renseigner sur ce qu'elle a dans ce sac à dos qu'elle trimballe partout, maintenant qu'on se connaît un peu mieux. "Ça semble bien lourd ?" ai-je tenté. Elle a souri et s'est contentée de dire : "Je porte mes péchés !" Elle sera *la Pénitente* ! Je me demande ce qu'elle a voulu dire.

Si seulement elle pouvait lâcher ce sac un instant…

Karim est *l'Étranger*, bien entendu. Et il a beau se démener pour paraître suédois à tout prix, avec des sabots casse-gueule aux pieds ou un tee-shirt proclamant *Absolut svensk**, ça n'y change rien. Il va parler demain. J'ai du mal à imaginer quel

---

* "Absolument suédois", détournement de la marque déposée Absolut vodka.

sera son sujet. J'espère seulement qu'il n'ira pas s'égarer chez Zarathoustra…

Et moi, je serai très certainement *le Narrateur*. Mais là, je garde l'incognito ! Si les autres devaient apprendre que je suis ici pour un témoignage, ils seraient sans doute aussi surpris que si je me mettais à jouer à Spiderman en grimpant sur la façade ! Je n'ai aucun espoir qu'ils aiment mes articles, ils ne semblent pas avoir le sens de l'ironie. Ou alors ils se sont débarrassés de leur humour avant de venir à cette Béatitude. Ils pensent sans doute, comme tout le monde, qu'on ne doit pas plaisanter avec les questions capitales. Mais rien n'indique que l'un d'eux soit un lecteur de *Circulaire*. J'ai mentionné le titre, sans obtenir de réaction. Si bien qu'ils n'en sauront probablement jamais rien.

La vérité est que globalement, j'ai du mal à obtenir la moindre réaction de leur part. Mon premier forum a eu tout du fiasco. J'ai péroré sur mes dieux du mieux que j'ai pu, ils m'ont regardée comme s'ils pensaient : "Bon, et alors… ?" et j'ai subitement entendu à quel point tout cela paraissait arrangé. Ce qui était bien le cas. Bon sang ! Il y a un effort à faire pour la prochaine fois.

Il faut qu'ils me prennent au sérieux ! Malgré mon mètre cinquante-cinq de haut. Je me dis parfois que c'est pour ça que les gens ne me respectent pas toujours. Ils ont tort !

Ceci va de loin devenir mon meilleur reportage.

"Père devant, petit Poucet dernieeer
rien ne bouge ici dans la forêêêt…"

19

Madeleine

"Quel culot!" Je me souviens d'avoir pensé cela quand elle s'est avancée pour son premier forum et a commencé à installer son ridicule décor qui semblait tout droit sorti d'une pièce de théâtre bas de gamme pour enfants. Cette première performance de Wera m'a confortée encore plus dans l'idée qu'elle a un tout autre but que de discuter de questions existentielles avec d'autres personnes en quête de sens!

Pendant une bonne heure, elle nous a fait subir une mixture indigeste d'un tout-venant religieux et de mythes qu'elle avait manifestement concoctée pour l'occasion. Allegria et Blor, on croit rêver! Annette, qui a pourtant montré un vrai penchant pour les rituels et les accessoires, ne semblait pas non plus spécialement impressionnée. J'ai vu son regard partir en vadrouille, et son nez pincé trahissait les bâillements qu'elle n'arrêtait pas d'étouffer. La Dame grise ne s'est même pas donné la peine de venir, comme si elle avait senti que ce serait du temps perdu. Le visage de Bertil était fermé, Adrian avait l'air presque moqueur et Karim – oui, Karim était sans doute le seul à s'efforcer d'écouter. Mais il fait toujours ça.

Qu'est-ce qu'elle a réellement derrière la tête, Wera ? Elle ne peut pas être si hystériquement en manque d'attention, au point de venir la chercher dans ce genre d'endroit ! Est-ce qu'elle écrit un livre ? Est-ce qu'elle utilise La Béatitude comme banc d'essai pour tester différents dieux ? Je ne la comprends pas et je me sens à la fois trompée et utilisée, sans savoir pourquoi.

Le lendemain, ça a été le tour de Karim. Et dans son prêche bref et dynamique il y avait tout ce qui manquait chez Wera : un engagement passionné, un appel ouvert et vulnérable à notre compréhension, une idée bien creusée sur laquelle il avait manifestement planché longuement et qui était incontestablement très originale.

Karim veut guérir des blessures, il veut réunir ce que des luttes religieuses ont fait voler en éclats. Son grand projet est de mettre en avant les points communs entre l'islam, le christianisme et le judaïsme, et ils sont nombreux, apparemment. Non seulement des noms sacrés reconnaissables figurent à la fois dans le Coran et la Bible – Jésus-Issa, Gabriel-Jibril –, mais aussi des articles de foi sur le Dieu unique et sur Abraham-Ibrahim, son prophète. Les musulmans ne sont pas autorisés à profaner les rouleaux de la Torah, Issa est le plus grand prophète avant l'arrivée de Mahomet et il y a une sourate dans le Coran qui parle de la Vierge Marie, Maryam.

Il a raconté bien d'autres choses encore et ses yeux brillaient d'une ferveur, d'un désir d'unir l'humanité. Son rêve est de voir les hommes des trois grandes religions monothéistes célébrer le culte ensemble, main dans la main, pourquoi pas devant le mur des Lamentations à Jérusalem. Et il est évident qu'un tel mouvement modifierait le monde de plus d'une façon. Pourtant je décèle en Karim l'empressement d'un petit garçon qui découvre une nouvelle cour de récréation, un petit garçon qui crève d'envie de jouer avec les autres enfants…

Après le prêche de Karim, nous sommes allés dans la grande cuisine dépouillée, et ensemble, nous avons élaboré une petite collation avec ce qu'il y avait dans le garde-manger. Annette avait laissé le soin à Adrian de faire les courses et ce n'était manifestement pas son fort. Nous avons trouvé plusieurs tubes de crème de roquefort, dont il raffole de toute évidence – mais pas de pain ! Des paquets de biscuits et des conserves de hareng, mais pas de légumes ni de fruits. Nous avons ainsi mangé des biscuits sucrés avec du bleu à tartiner et des harengs à la moutarde et nous avons bu de l'eau.

J'ai remarqué que le discours de Karim avait fait son petit effet sur le groupe. Tout le monde lui parlait, tous avaient des commentaires à faire sur ses idées et tous s'étaient installés de façon à le voir et à l'entendre. La Dame grise était assise à sa droite, il l'adore et la suit tout le temps des yeux et je dois reconnaître qu'elle est la seule à ne pas avoir fait de différence entre lui et les autres, dès le début. Comme par un accord tacite, personne n'a évoqué la sortie haineuse d'Annette l'autre jour contre le prétendu SEIGNEUR – justement le dieu que Karim veut forger en fusionnant différentes traditions.

Même Annette semble ne vouloir lui témoigner autre chose que de la bienveillance.

Des rires joyeux et des échanges de paroles animées s'élevaient à son bout de table. Wera s'était mise un peu à l'écart, la mine boudeuse. Elle a fait la grimace devant le hareng sur le biscuit sucré, puis elle a quitté la pièce.

J'ai pris sur moi d'aller faire des courses au village le lendemain avec Bertil. Nous avons consacré un instant à l'inventaire du garde-manger, tandis qu'Annette agitait une main paresseuse depuis un fauteuil dans le vestibule. Oui, je sais qu'elle mérite bien de se reposer, mais je sais aussi qu'elle est irremplaçable. Sa participation efficace, qui paraissait toujours si naturelle et coulant de source, me manque. Du travail que nous voyons seulement lorsqu'il n'est pas fait…

20

Wera

Bertil est un homme massif d'une cinquantaine
d'années avec une épaisse chevelure poivre et sel,
des lunettes sans monture et une allure légèrement
aseptisée. Il rayonne aussi d'autorité et d'amabi-
lité – mais il s'agit peut-être simplement d'une attitude professionnelle, peaufinée pendant des années
à côtoyer les patients ? Notre groupe atypique doit
lui apparaître comme un échantillonnage des gens
qu'on peut trouver dans une salle d'attente. D'un
centre de soins ou en psy...

Il est entré dans la salle de réunion, a traversé
à grandes enjambées le tapis en coco usé, a éteint
le plafonnier et allumé le candélabre à côté de lui
avec un briquet.

Puis il a souri. Dentition parfaite, ai-je enregistré.
Serait-il dentiste aussi ? Ou bien est-ce que tout cela
est solidement ancré avec de ruineuses vis en titane ?
Il a l'air d'en avoir les moyens. Aujourd'hui il portait un autre gilet, élégant en laine gris-noir avec les
poches et les coudes garnis de cuir.

"Mes chers amis, a-t-il dit. Ceci va peut-être
vous étonner. Je ne suis pas un missionnaire, je
n'ai aucune intention de vous convertir à quoi que

ce soit. Je voudrais simplement vous demander conseil."

Il a regardé autour de lui et s'est tu un instant. J'ai tout de suite été sur mes gardes. C'était de la même façon modérée qu'un évangéliste de ma jeunesse avait commencé ses prédications. J'avais accompagné ma copine Maria à un rassemblement d'évangélisation, et il s'en était fallu de peu que je me retrouve touchée par le Saint-Esprit cette fois-là ! Cette voix douce qui ronronnait mais qui ne voulait te convaincre de rien, absolument pas ! Elle voulait seulement demander si tu avais une explication à cette merveille autour de nous… Cette chose qui était à l'origine de nos vies, parce que nous ne croyions tout de même pas qu'un enfant humain n'était qu'un hasard de la nature ? Puis il faisait habilement monter l'ambiance avec ses questions jusqu'à ce qu'on ait envie de rire et sauter sur le banc et rejoindre l'allégresse et les jubilations. Et c'est ALORS que la grosse tirelire de quête apparaissait. Bertil ne pouvait tout de même pas… Je ne pouvais pas croire que c'était comme ça qu'il avait pu se payer la voiture garée dans la cour !

"Comment fait-on pour ne pas croire ?" a-t-il soudain dit d'une toute petite voix.

J'ai sursauté et me suis redressée. Il était en train de débarquer dans ma chasse gardée !

"Parfois j'entends des gens se plaindre d'avoir perdu la foi, a-t-il poursuivi. Ils semblent dire qu'ils ne « croient » plus ni en le dieu, ni en les rituels que jusque-là ils respectaient. Et ensuite ils se démènent pour retrouver la même foi, ou bien ils adoptent quelque chose de similaire. Les protestants deviennent catholiques et commencent à se signer et à allumer des cierges et à se confesser. Mais je n'ai jamais rencontré quelqu'un qui n'ait aucune croyance. Des gens qui renient Dieu, bien sûr ! Ils ne croient pas en la Bible ni en le Coran, ne croient pas que le vin de communion soit le sang du Christ, ils ne croient pas en la transmigration des âmes. Mais alors c'est qu'ils croient en autre chose !

Certains abandonnent totalement la religion et trouvent le salut dans un mouvement politique, ou bien ils emboîtent le pas d'un psychologue à la mode.

Ils croient en une science qui est tout aussi incomplète dans ses réponses, tout aussi dépendante de ses exégètes que le sont les religions. Ils croient à la théorie des cordes et au big-bang, aussi difficiles à « prouver » que l'Immaculée Conception."

Il ne se débrouillait pas mal. J'avais mis en marche mon magnéto et m'étais installée confortablement.

"Pendant longtemps j'ai voulu me persuader que je n'avais pas été contaminé par la foi, a-t-il poursuivi. Que moi, entre tous, je possédais le sens critique qui sait faire la distinction entre supposition et preuve. Que j'avais laissé toute superstition derrière moi, que j'étais devenu l'Homme moderne.

Un jour j'ai découvert que tout au long de ma vie j'avais pratiqué une foule de petites superstitions quasiment inconscientes. Quand j'étais jeune, il m'arrivait de penser : si je peux faire tout le trajet jusqu'à l'école sans marcher sur un seul joint entre les pavés, j'aurai une super note au contrôle de maths. Si je finis ma réussite, la belle Louise sera au bal ce soir. Et encore aujourd'hui, je me surprends sans arrêt à avoir ce genre de raisonnements. Si je n'ai pu déposer le dossier de candidature à temps, c'est que ce boulot-là n'était pas fait pour moi ! Incroyable, le livre s'est ouvert justement à la page qui contient l'information dont j'ai besoin ! Des broutilles. Au quotidien. Lire l'horoscope et les bouts de papier porte-bonheur dans les biscuits chinois, ce n'est pas une « croyance », mais vous faites malgré tout le lien avec des événements de votre vie. Ou comme lorsque vous êtes amoureux – jamais vous ne trouvez autant de coïncidences qu'alors, *« nous sommes manifestement faits l'un pour l'autre »*. Et de là, le pas n'est pas loin vers la "croyance" en un Dieu personnel, puisqu'il y a de petites preuves partout ! *« Tu as menti, puis tu es tombé malade, c'est ta punition ! » – « S'il n'y avait pas eu la barrière, je serais tombé dans le précipice avec ma voiture, c'est la Providence ! »* Certains voient les prédictions de Nostradamus se réaliser…

Alors ça m'a frappé, moi, médecin, que les gens qui « croient » fonctionnent de la même manière que les schizophrènes ou les patients paranoïdes. Ils créent et insèrent des interprétations dans n'importe quels événements et circonstances, ils les conçoivent comme des preuves et sont tout à coup convaincus d'une « vérité ». *« Ça fait trois fois que je le croise, il m'a fixé et ensuite il a regardé des couteaux dans une vitrine – il a l'intention de me tuer. » – « Je sais que tel chanteur célèbre chante secrètement rien que pour moi, parce que son nom d'artiste lu à l'envers ressemble à mon nom !* » Et ainsi de suite, ainsi de suite. TOUS LES CROYANTS SONT-ILS DONC FOUS, À DES DEGRÉS VARIABLES ?

Puis il y a ce sentiment de présence. Cette illusion parfois merveilleuse qu'il y a Quelqu'un tout près, quelqu'un qui vous voit, qui se fait du souci. On n'est pas loin du patient qui entend des voix ou se sent suivi…"

J'ai senti les autres autour de moi s'impatienter un peu. Après les shows auxquels on avait eu droit jusque-là pendant les forums, le murmure de Bertil paraissait pauvre et sans but, lorsque tout à coup, il a rejeté la tête en arrière et s'est écrié :

"Comment fait-on pour CESSER de croire ? Comment arrive-t-on à ramener le curseur à zéro pour se mettre en mode d'écoute afin de comprendre ? Sans se laisser embarquer par ce que les autres ont au programme, dans le domaine religieux ou politique, sans servir de chair à canon dans des disputes scientifiques et sans étudier tout ce qui existe sur l'expansion de l'univers ? Sans laisser son intellect se faire kidnapper par les sentiments ?"

Il y a eu un instant de silence.

"Parce que c'est beaucoup trop *facile* de croire ! a dit Bertil et à présent il semblait fatigué. De se trouver devant la tombe d'un être aimé et se persuader qu'on va se revoir. D'être seul, mais se laisser bercer par la sensation rassurante qu'il y a quand même Quelqu'un Là-haut qui se soucie de vous, qui vous voit. Montrez-moi une seule personne qui a été en danger de mort et qui n'a pas fermé les yeux et commencé à remuer les lèvres dans une sorte de prière : Dieu du ciel, fais que je m'en sorte, Dieu du ciel…"

Adrian a été incapable de se retenir davantage.

"Et quel mal y a-t-il à cela ? a-t-il objecté sur un ton pontifiant. Si ça peut nous consoler et nous permettre de garder le calme et l'équilibre ?"

Adrian, le maître qui a l'intention de bidouiller à la petite semaine une religion à lui tout seul pour le bien des autres ! Bertil s'est tourné vers lui.

"Alors tu trouves que nous pouvons sans problème nous offrir ce petit subterfuge avec nous-mêmes ? Parce qu'il s'agit bien d'une construction, d'une protection temporaire, comme d'ouvrir le parapluie quand il se met à pleuvoir !

Et autre chose – puisque nous avons si peur de la vie, ça nous arrange bien que quelqu'un doté d'une souveraineté absolue nous dirige – comme ça nous pouvons nous décharger de toute responsabilité et nous concentrer sur le présent. Aimer Dieu ! Comme le syndrome de Stockholm, vous savez ? Les employés de la banque qui ont fini par aimer le braqueur parce qu'il avait le pouvoir de vie et de mort sur eux.

— Toute adoration n'est pas forcément issue de la peur…" a commencé Karim, mais Bertil n'avait pas terminé.

"Qui de nos jours s'adresse activement à un être supérieur au quotidien, à part ceux qui abusent copieusement de la foi, qui croient par habitude et qui sont endoctrinés par des mythes trompeurs ? D'accord – si tu as failli te faire écraser par une voiture en traversant la rue, tu restes un bon moment à marmonner « Merci mon Dieu ». Mais combien ont en tête ce recours à la réalité ouatée de la foi quand il n'y a pas vraiment de raison ? Personne n'est mort, le quotidien suit son cours, on n'est ni déprimé ni spécialement joyeux. Qui s'adresse à son créateur dans *ces moments-là* ? Qui tombe à genoux pour louer les céréales du petit-déjeuner ?

— Moi ! a dit Karim et il avait l'air vraiment révolté. Je fais mes prières tous les jours et je sais que ma vie est dans la main d'Allah ! Oh Bertil, pourquoi est-ce que tu résistes ? Pourquoi est-ce que tu n'accueilles pas le dieu qui frappe sans cesse à ta porte ?

— Karim, a dit Bertil, tu fais tes prières tous les jours, tu t'es imprégné des comportements hérités de ta culture jusqu'à ce qu'ils soient devenus une partie de toi ! Ils sont devenus « ta foi » ! – ils sont devenus TOI ! D'ailleurs, est-ce que tu penses vraiment que tu aurais connu la sécurité dans la main d'Allah si tu n'étais pas né dans cette tradition-là ? Si tu avais été, disons un petit garçon dans les Jeunesses hitlériennes, ou un chasseur de têtes à Bornéo ? Dieu serait-il donc une question d'époque et de lieu ?"

Maintenant Adrian s'est à nouveau mêlé au débat. Bertil n'était pas un orateur charismatique, il tenait plus du présentateur lisse et poli d'un télé-matin.

"Pourquoi devrait-on refuser cette sécurité-là aux gens, ils la cherchent de tout temps et partout ! a dit Adrian. Même la peur de l'enfer peut être utile aux gens ! Voltaire lui-même disait que nous devrions garder l'Enfer, pour des raisons éducatives.

Dans ma religion, je vais dépeindre le stade ultime du réchauffement climatique comme le véritable enfer… pour l'instant nous n'en sommes encore qu'à l'antichambre !"

Cela a fait bondir la walkyrie Annette qui a recadré Adrian. Elle avait une façon bien à elle de le dévisager, qui donnait l'air à Adrian de vouloir se retirer sous sa robe et disparaître.

"Alors tu entraîneras dans ton sillage un tas de croyants triomphants qui diront, voilà, le jour du Jugement dernier est arrivé, on n'a pas arrêté de vous le répéter, maintenant vous allez tous brûler en enfer tandis que nous, nous franchirons les portes du paradis…"

D'autres se sont mêlés à la discussion, qui s'est ramifiée en un delta de questionnements. Bertil a ôté ses lunettes, fermé les yeux et frotté les marques rouges de chaque côté de son nez. Puis il a braqué son regard sur Adrian et levé la main. Tout le monde s'est tu. L'ambiance de la salle a changé pour se faire craintivement attentive. Le visage de Bertil, habituellement si aimable, est tout à coup devenu sévère et fermé.

"L'antichambre de l'enfer, Adrian ? Mais l'antichambre de l'enfer est une salle d'attente, vois-tu. Une salle d'attente avec des sièges fatigués en skaï et des magazines spécialisés, lus et relus, auxquels on ne comprend rien. Et un relent glacé de douleur. De temps à autre, un nom est appelé. De temps à autre une porte s'ouvre et une autre se ferme et tu sais que si jamais ton tour vient, tout espoir est perdu !"

Il y a eu un silence de mort. Ses paroles se sont glissées sous notre peau, et on a tous essayé de

repousser des souvenirs, des souvenirs inconfor-
tables et pénibles de salles d'attente qu'on avait
connues.

Bertil a repris sa voix habituelle.

"Mais je n'ai aucune intention d'enlever à Karim
sa sécurité, ni à Adrian son projet ! Simplement je
ne peux pas souscrire à ces kits de sécurité tout
faits. Les trous dans l'emballage me font entrevoir
du vide et de la perversion humaine, ou des gens
qui se leurrent. Je veux aimer la vie sans intermé-
diaire divin ! Donc, si vous connaissez une bonne
cure miraculeuse qui permet de vaincre sa foi, je
vous demande de la partager avec moi !"

21

Madeleine

Il connaissait l'endroit. J'ai senti que Bertil s'était trouvé dans cette salle d'attente dont il parlait, attendant qu'on l'appelle. C'était quelque chose dans sa voix, elle était si brutale et si vulnérable à la fois. Elle titubait au bord d'un gouffre, pouvant perdre l'équilibre à tout moment et s'effondrer en sanglots puérils. Je me suis précipitée vers lui et j'ai saisi son bras, et il m'a laissé faire. Nous nous sommes retirés vers l'un des hideux canapés en bois de la salle commune des scouts devant la grosse cheminée terne et noircie quand aucun feu n'y brûlait. Nous nous sommes tournés l'un vers l'autre.

"Bertil, tu l'as vécu. La salle d'attente… ai-je dit.

— Oui. Mais je n'ai pas attendu qu'on appelle mon nom, a-t-il répondu. C'était moi qui appelais. C'était moi qui annonçais le verdict. À tous ceux qui allaient mourir. À tous ceux qui avaient une mère ou une femme ou un fils ou une fille qui allait mourir. Et ça, c'est une chose qui vous vide totalement."

Il est resté silencieux un moment. Je n'ai pas réussi à trouver quoi que ce soit à répliquer.

"Mais… a-t-il fini par dire, lentement. Mais j'ai fait une découverte. Ça n'a rien à voir avec la foi, pourtant c'était une découverte qui a changé ma vie. J'ai soudain vu que les condamnés, ceux qui venaient d'entendre ma condamnation, se transformaient devant mes yeux. Ils arrivaient à l'hôpital bourrés de plaintes, rouspéteurs, désagréables et mécontents envers tout et tout le monde. Et il me fallait leur apprendre que cette vie, celle qui leur paraissait si pénible et semée d'embûches – elle serait bientôt terminée. Le pronostic était mauvais, leurs chances de survie étaient minces, quelques semaines, quelques mois, un an au plus.

Leur première réaction était toujours de se mettre en colère, de demander l'avis d'un autre médecin, de revenir pour me montrer un article de journal parlant d'un remède miracle. Ils allaient porter plainte contre tout le corps médical, ils entamaient des disputes bruyantes avec leurs proches ou bien ils restaient assis, apathiques et déprimés, et laissaient quelqu'un d'autre s'en occuper.

Cela pouvait prendre plus ou moins de temps, mais pour finir, la même chose arrivait presque toujours. La vie leur devenait subitement très précieuse. Les hommes serraient convulsivement la main de leurs femmes, femmes qu'ils avaient opprimées et méprisées, qu'ils n'avaient pas vues, je veux dire, vraiment vues, depuis des années, et les femmes cessaient de se plaindre de leurs maris. Ils restaient ensemble en silence pendant des heures et simplement se reposaient l'un dans l'autre. Des patients qui avaient râlé, gueulé et regardé leur montre à tout bout de champ et menacé de dénoncer le personnel soignant pouvaient soudain rester allongés sur leur oreiller, un regard songeur dirigé sur les arbres du parc de l'hôpital.

Et lorsque pour finir ils étaient tout près de leur mort, ils étaient en général lucides, calmes et nostalgiques. La vie qu'ils allaient perdre avait pris une valeur que jamais auparavant ils ne s'étaient donné la peine de voir. Ils s'en séparaient avec chagrin, un chagrin qui se situait bien au-delà des plaintes et des revendications mesquines du début de leur maladie.

Il y en avait qui survivaient aussi, contre tous les pronostics. Et ils en sortaient transformés pour toujours. Ils voyaient autrement la vie, ils étaient pleins de reconnaissance. Certains le montraient en devenant plus heureux, plus chaleureux et plus généreux dans leur vie retrouvée. D'autres rompaient avec leur existence précédente et suivaient leurs rêves, des rêves que, jusque-là, ils n'avaient pas estimé possible de réaliser.

Et c'était imprévisible – un drogué au travail, égoïste et impitoyable, pouvait soudain devenir un mari et père exemplaire. Une épouse martyre, rabâcheuse et mécontente, mais fidèle au devoir, pouvait quitter son foyer et se lancer seule à la découverte du monde, ou se mettre à la peinture. Ils avaient le rire beaucoup plus facile et ils cessaient totalement de se lamenter pour un rien."

Il s'est tu. Il est resté sans parler si longtemps que j'ai cru qu'il s'était endormi. Il faisait nuit autour de nous dans la pièce, mais j'étais incapable de me lever pour allumer. Les autres étaient déjà montés dans leurs chambres.

Finalement j'ai prononcé son nom tout bas.

Il a hoché la tête avec un petit sourire.

"Tu veux savoir la suite ? a-t-il dit. Je me suis mis à faire quelque chose de totalement impardonnable. Ou au moins quelque chose que mes supérieurs et la Prévoyance sociale ont trouvé impardonnable.

— Quoi, Bertil ?

— Je me suis mis à les tromper sur leur état.

— Comment ça ? Qu'est-ce que tu veux dire ? ai-je demandé, peu rassurée.

— Si je recevais une de ces personnes mécontentes, avec des maux de ventre dus aux excès de table... Si des femmes désœuvrées venaient se plaindre d'un tas de symptômes indéfinissables... Je leur disais qu'il ne leur restait que peu de temps à vivre.

Et la plupart du temps, tout ce que je viens de décrire arrivait. Ils enrageaient, ils pleuraient, ils protestaient et rouspétaient, mais ils finissaient par se calmer et commençaient à réaliser combien la vie était fragile et précieuse. Alors je leur communiquais un autre message, qui leur restituait la vie. Ce n'était pas très difficile d'invoquer une erreur dans les prélèvements ou que la maladie avait favorablement évolué.

Je leur rendais tout simplement la vie ! La plupart du temps, c'était comme donner un nouveau contenu à leur existence, une nouvelle joie inespérée. En tout cas c'est ce que je croyais. Jusqu'à ce que…"

Il s'est tu de nouveau. Et il est resté longuement silencieux.

"Jusqu'à ce qu'arrive un patient qui avait une peur panique des douleurs et de la mort et de sa propre déchéance physique.

— Qu'est-ce qui s'est passé?

— Il a mis fin à ses jours le soir même où je lui avais appris la fausse nouvelle, a dit Bertil si bas que j'ai eu du mal à l'entendre. Et la responsabilité de sa mort m'incombait, à moi seul.

Ses proches ont porté plainte dès qu'ils ont eu accès au rapport d'autopsie. Nulle trace d'un cancer du pancréas incurable. Seulement un estomac un peu stressé. Ils ont lu son dossier où la vérité était écrite noir sur blanc, mais sa femme a certifié que je lui avais annoncé sa mort imminente, que j'avais dit qu'il lui restait tout au plus trois mois à vivre. Mes supérieurs ont commencé à poser des questions à mes anciens patients. Je leur ai facilité la tâche en avouant tout de suite ce que j'avais fait, j'ai raconté comment depuis plusieurs années j'avais donné une nouvelle vie aux gens. Ou avais cru leur en donner une.

J'ai immédiatement été interdit d'exercice. Et voilà, tu sais quelque chose sur moi qu'aucun des autres ne sait.

— Je ne vais évidemment pas…" ai-je commencé à murmurer.

Il a continué comme s'il ne m'avait pas entendu.

"Encore aujourd'hui, j'ignore si j'ai eu tort ou raison d'agir comme j'ai fait. Ils ont été si nombreux à subitement comprendre la valeur de la vie. Si nombreux à être plus heureux, après. Contre un qui est mort…

— Mais tu sais évidemment de quoi tu t'es rendu coupable ? ai-je chuchoté.

— Oui. Je me suis substitué à Dieu. Un dieu avec le pouvoir de vie et de mort."

J'ai pensé : Exactement comme moi.

22

Wera

Je sais que quelque chose cloche avec Bertil. Ex-médecin ? Aurait-il été radié ? Il ne veut pas en parler, il élude le sujet avec un petit rire en disant qu'il était si mauvais couturier qu'ils n'ont pas pu le garder, il n'arrivait jamais à recoudre les patients après les interventions. Mais on n'est pas interdit d'exercer aussi facilement, il faut des manquements graves.

Et il y a autre chose encore.

Bertil a pas mal d'argent. Plus que ça, même – j'ai le sentiment qu'il pourrait plonger dans sa piscine de pièces d'or comme oncle Picsou. Il ne nous le brandit pas à la figure, évidemment – je crois même qu'il essaie de le cacher. Mais dans les petits journaux locaux, on apprend à reconnaître les signes ! Son gilet tricoté, ce n'est pas une vieillerie qu'il a dénichée aux fripes, c'est du design italien hors de prix. Ses chaussures sont faites main, ma tête à couper, et sa voiture qui a l'air si simple, il ne l'a pas dénichée chez un marchand d'occasions – elle est de cette catégorie qui ne comporte que quelques modèles, probablement numérotés comme des lithographies. Parfois il laisse échapper le nom d'endroits exotiques où il est allé, et… eh bien, il est enrobé d'une odeur de fric. Dans mon patelin, ça veut généralement dire que quelqu'un a été vraiment, vraiment malhonnête envers un commettant ou qu'il est tombé sur la clé du coffre-fort. Ce sont des révélations qu'on rêve de faire pour empocher un grand prix journalistique, surtout s'il s'agit d'une grosse pointure que tout le monde admire ou d'un homme politique en vue.

Pour résumer ce que je sais :

Médecin déboulonné plus beaucoup d'argent, ça ressemble à – quoi ? Prescription de drogues ? Labo clandestin pour ce genre de friandises ? J'y connais que dalle, mais je sais comment me renseigner. J'ai relevé ses coordonnées sur son permis de conduire en faisant semblant de vouloir regarder la photo et j'ai mémorisé sa date de naissance. Ça suffit pour déterrer n'importe qui. Je vais envoyer un mail à Olof pour qu'il fouine un peu, il me doit un renvoi d'ascenseur.

Et alors on peut se demander ce que Bertil vient fabriquer ici avec ces branquignols. Pourquoi faire un stage avec un tas de fêlés de religion si on veut apprendre à ne pas croire ? Il n'a pas pipé mot pendant la chevauchée de la walkyrie Annette ni pendant le jonglage de sectes de Karim, sans parler des projets d'Adrian d'avoir son royaume millénaire perso ! Il ne semble pas spécialement intéressé. Il y a forcément une autre raison qui l'a poussé à venir ici.

Par exemple, La Béatitude n'est pas vraiment le premier endroit où la police fait une descente quand elle veut démanteler un labo clandestin. Est-ce qu'il cherche un lieu sûr où cacher quelque chose ? Mais quoi, des gens comme lui ont probablement les moyens de se faire creuser une casemate comme n'importe quel méchant dans un *James Bond* !

Une passion pour une des dames ici, l'idée m'avait traversée à un moment donné. Madeleine, tante Grise ou carrément Annette ? Mais rien que la pensée de… C'est à mourir de rire, je n'y crois pas une seule seconde. Bertil a de la classe. Et si en fin de compte il a gagné son pognon à peu près légalement et qu'en plus il est de ceux qui préfèrent les femmes, je pourrais carrément imaginer lui faire les yeux doux moi-même en paradant en décolleté plongeant…

Soyons sérieux, il se situe quelque part entre la cinquantaine et la mort. Tout ce qu'il pourrait offrir à une nana encore jeune serait de devenir son père adoptif. Mais il est loin d'être repoussant, je l'ai senti quand il a fait le prélèvement de mon pauvre ganglion gonflé avec ses doigts chauds et doux…

Mais au fait, s'il est interdit d'exercice ? Comment il peut faire des prélèvements alors ? Est-ce qu'il a l'intention de vendre mon ADN ? Il est allé au village avec Madeleine aujourd'hui.

Je ne sais plus quoi penser. Je vais balancer un mail à Olof avant d'aller me coucher pour qu'il commence à enquêter sur Bertil.

Merde, ce truc avec le prélèvement, ça me tracasse !

23

Madeleine

À notre retour du village, après avoir rangé nos achats, Bertil m'a accompagnée jusqu'à ma porte et m'a caressé les cheveux. Il l'a fait avec tant de légèreté et de tendresse que je me suis mise à trembler. C'est peut-être pour ça que j'ai été réveillée par un cauchemar plus tard dans la nuit, en criant.

Ça fait tellement longtemps que personne ne m'a touchée de cette façon-là, je ne sais même pas si c'est déjà arrivé… Mes parents exprimaient rarement, pour ne pas dire jamais, leurs sentiments par des marques de tendresse, ni entre eux, ni à moi. Je ne pense même pas qu'ils m'aimaient spécialement. Ma mère m'a dit un jour qu'elle avait adoré son travail d'assistante d'un industriel connu. À ma naissance, il a fallu qu'elle s'arrête, évidemment. "Parce que tu es arrivée, comme un cheveu sur la soupe !" disait-elle.

Un cheveu sur la soupe ! J'essaie de ne pas trop y penser.

C'est sans doute pour ça que j'ai toujours été si réceptive à ceux qui ont voulu me témoigner un peu de tendresse physique. Avant mon mariage, j'avais un nombre incalculable d'amants. Je poussais la plaisanterie jusqu'à les noter dans un petit carnet, avec des commentaires. Je m'étais rendu compte que j'avais du mal à me souvenir d'eux, aujourd'hui je me rappelle tout au plus la moitié. Et alors ce n'est pas leur nom qui me vient en tête, mais d'autres détails. Les mains chaudes de l'un. Un rire contagieux, un regard oblique, un baiser déposé derrière mon genou. Et puis des choses que je préférerais oublier.

Göran était l'un d'eux, lui est resté. Bien sûr que le souvenir de notre long mariage a été entaché par la fin catastrophique – mais je sais quand même que nous avons eu de belles années ensemble. Nous voyagions beaucoup, nous travaillions, nous avions une vie sociale, des amis et nous nous offrions de temps en temps des week-ends d'amoureux à l'hôtel. Nous avions beaucoup de loisirs aussi : des randonnées à patins sur le lac gelé et des semaines médiévales, Göran aimait bien aller à des festivals de musique de chambre, et moi, je faisais volontiers des stages chaque été. Stages de peinture sur soie et de libération par la voix, une fois un atelier d'écriture.

Au bout de cinq, six ans, j'ai commencé à ressentir une terrible envie d'avoir des enfants, mais Göran ne voulait pas en entendre parler. Il n'aimait pas les enfants et il estimait que je n'avais pas à le lui imposer. Pendant plusieurs années, je me suis rangée à son avis et j'en ai pris mon parti. J'arrivais même à y trouver mon compte, quand je feuilletais mes catalogues de stages : voilà un problème que je n'avais pas ! Mes amies – collègues, plutôt – qui vivaient en couple pouvaient rarement prendre des vacances à l'étranger et encore moins partir en stage. Il leur fallait des voyages charter bon marché avec des activités pour les enfants ! Nous préférions d'ailleurs fréquenter des gens dont les enfants étaient grands. Göran trouvait les parents d'enfants en bas âge insupportables, égocentriques et exigeants. Il fallait toujours que leurs chérubins occupent le devant de la scène et fassent du bruit et mettent du désordre. Nous en plaisantions souvent entre nous et nous levions les yeux au ciel en connivence quand un enfant faisait des histoires et que les parents choisissaient de seulement en rire.

À quel moment avons-nous passé la mince frontière entre trop tôt et trop tard ?

Après dix ans, la part de moi qui était destinée à avoir des enfants a commencé à se faire douloureuse. J'ai envisagé de le laisser me féconder et de faire comme si c'était une erreur – et puis garder l'enfant. J'y ai pensé pendant plusieurs années, puis ça a failli arriver. Mais pendant une longue et terrible nuit blanche, il a réussi à me persuader d'avorter. J'ai dû porter seule le regret et la déception ensuite, mais je crois que cela m'a liée encore plus fort à lui. Renoncer à la maternité devait en valoir la peine – notre amour valait même ce sacrifice-là, voilà ce que j'essayais de me dire. Et je m'en tenais à cette conviction, compulsivement, jusqu'à ce que j'atteigne la quarantaine.

Alors la mauvaise herbe a commencé à germer dans les fissures de notre mariage. Nous vivions de restes et de réchauffé, solidement agrippés à nos agendas respectifs.

Puis tout à coup, je suis tombée enceinte de nouveau – et cette fois-ci j'ai pris la ferme décision de garder le bébé. Ça me semblait tellement évident ! Göran a bien réagi, je trouvais. Il n'a pas dit grand-chose. Il est allé directement réserver un voyage en Crète. Nous aurions le temps de nous parler là-bas, de choisir notre voie. Je ne me faisais aucun souci, il n'allait pas réussir à me convaincre encore une fois.

Nous sommes descendus dans un petit hôtel de la côte sud escarpée, avec balcon donnant sur la mer. Des levers de soleil fantastiques chaque matin, la brise qui faisait onduler les rideaux et une odeur de menthe et de thym sauvage. Je marchais sur la plage et ramassais des coquillages et des bouts de verre polis par la mer et je pense que je n'ai jamais été aussi heureuse. Ma grossesse était comme un secret d'un luxe inouï et j'enduisais avec soin et jouissance mon ventre avec de l'huile solaire.

Cela jusqu'à la nuit où il m'a demandé de venir pour une promenade nocturne le long des rochers surplombant la mer. Et là, il m'a dit, dans des termes simples et très explicites que depuis quelque temps il pensait à me quitter pour une autre femme – il n'a pas dit qui – et qu'il était hors de question pour lui de se rendre disponible pour un enfant. Aucune loi ne pouvait le forcer à le faire. Il serait évidemment obligé de contribuer financièrement. Il l'a dit froidement et sans me regarder. Nous marchions lentement sur le sentier comme deux flâneurs ordinaires, mon visage plein d'enthousiasme s'était figé en une grimace, j'étais gouvernée par la sensation qu'il me suffisait de faire comme si de rien n'était, de me tenir droite et aussi immobile que possible, pour que rien ne se soit passé. Comme dans l'histoire insensée de l'homme qui doit être décapité par un derviche tourneur armé d'une épée tranchante. Le derviche tourne et tourne jusqu'à n'être qu'un contour flou, puis il s'arrête. "Bon, tu coupes, oui ou non? dit l'homme. – Remue la tête, tu verras… dit le bourreau." Exactement comme ça.

Si nous avions croisé quelqu'un sur ce sentier, je ne pense pas qu'il aurait pu voir à ma physionomie que mon monde était en train de se réduire en poussière. J'étais tellement sous le choc que j'ai arrêté de l'écouter au bout d'un moment, comme si une cloche de silence était descendue sur moi.

Puis j'ai compris qu'il laissait entendre que si seulement je… si je renonçais à l'enfant, il pourrait peut-être…

Et j'ai su qu'il avait le pouvoir de me convaincre encore une fois. Je devais me battre pour la vie de mon enfant. Et, comme la chose la plus naturelle au monde, je l'ai attaqué, je l'ai soudain poussé violemment et je l'ai vu vaciller au bord du précipice. Il s'est cramponné à une pierre qui pointait de la terre sèche et il a appelé au secours. Je suis restée de marbre et j'ai piétiné ses mains. Il est tombé, cinquante mètres plus bas, dans le ressac et les rochers pointus. J'y ai jeté un regard, un sourire aux lèvres et les mains croisées sur mon ventre. Je me souviens de cela. Et ensuite, l'esprit ailleurs, j'ai déterré la pierre et je l'ai mise dans mon sac.

Ils n'ont pu accuser personne, évidemment. Il n'y avait pas de témoins. Mais quand la paralysie a commencé à lâcher prise, j'ai réalisé ce que j'avais fait. Et je l'ai amèrement pleuré. Non, pas lui peut-être, pas l'inconnu qui m'avait regardé de ses yeux froids, là, au bord du gouffre. Je pleurais l'homme que j'avais cru qu'il était, celui avec qui j'avais vécu tant d'années.

Dehors dans le noir, aux confins de la conscience, il existe toujours. Parfois quand je marche le soir dans les rues éclairées, je vois son ombre glisser sur un mur et tourner au coin, tandis que l'écho de sa voix vole au vent comme de vieux papiers…

Au retour de ce voyage, je portais un sac à dos avec la pierre, celle à laquelle Göran avait essayé de s'agripper. Les bretelles m'ont écorché les épaules presque dès le début. Lorsque j'ai fait une fausse couche et perdu le bébé, j'y ai ajouté une pierre, une grosse de trois kilos. À peu près le poids d'un nouveau-né. Et à présent, ce sac à dos est la seule chose qui me retient sur terre.

Si bien que quand Bertil m'a caressé la joue devant la porte de ma chambre, il y a eu un déclic dans ma mémoire verrouillée. La nuit, j'ai été de retour en Crète, dans l'obscurité de la nuit et dans le doux vent tiède de la mer. Quelque chose était en train de remonter des profondeurs vers moi. Et soudain j'étais enterrée vivante. De la terre remplissait mes narines et mes yeux écarquillés.

Une plainte sourde m'a réveillée et j'ai compris que c'était moi qui gémissais. Encore à moitié endormie, paniquée, je me suis précipitée dans la salle d'eau pour me débarrasser de la terre.

24

Wera

Quelque chose m'a réveillée au milieu de la nuit, j'ai d'abord cru que c'était le hurlement du vent. Mais ça ne venait pas de l'extérieur. Je me suis levée et j'ai jeté un œil dans le couloir. On aurait presque dit un chien enfermé dans la salle d'eau. J'ai enfilé ma robe de chambre et je suis allée voir.

Au début je ne voyais rien. Il y faisait sombre, mais j'entendais l'eau couler dans la douche et c'est de là que venait le bruit, un gémissement qui s'amplifiait en un beuglement de temps en temps. Quelqu'un était là sous la douche, en train de brailler dans le noir total !

J'ai allumé et j'ai vu Madeleine. On s'est dévisagées, je ne sais pas qui de nous deux était la plus bouleversée. Madeleine était en chemise de nuit, le tissu collait sur son corps osseux ruisselant d'eau glacée. Elle se frottait le visage, encore et encore.

"Je… je…" a-t-elle bégayé. Puis elle a manifestement repris le dessus, je l'ai vue se harnacher littéralement d'un corset de politesse conformiste. Elle a redressé le dos, fermé le robinet et m'a adressé un sourire figé.

"Bonsoir !" a-t-elle dit.

Bonsoir? Ce n'était pas possible, je ne pouvais pas la laisser comme ça. Mon pilote automatique a pris le relais. J'ai été monitrice une fois dans un camp de vacances pour jeunes filles gymnastes, personne ne me croit quand je le dis, et maintenant j'avais l'impression d'y être de retour. Ces filles-là aussi avaient leurs peines et leurs pannes.

J'ai poussé un soupir tout en l'entourant d'un drap de bain que j'ai arraché de son crochet. J'ai frotté ses cheveux fins jusqu'à ce qu'ils ressemblent à du lin cardé et lui ai dit d'enlever la chemise de nuit trempée. Elle l'a fait sans histoires, le regard dans le lointain, comme si je n'étais pas là. Puis je l'ai menée à sa chambre, le Lynx, enveloppée du drap de bain. Je n'ai pas pu éviter de remarquer que ses maigres épaules avaient des croûtes et des cloques, probablement dues au sac à dos.

Elle s'est glissée dans le lit, toujours entourée de la serviette – serait-elle pudique? – et m'a regardée comme un enfant regarde une mère sévère. Je me suis dit soudain qu'elle ne devait pas être réveillée, que tout cela était une aventure de somnambule.

"Tu m'entends, Madeleine?" ai-je dit en la secouant un peu. Elle a hoché la tête.

"Tu pourras te rendormir, tu crois? Tu ne te lève-ras plus pour aller prendre des douches froides?

— Des douches froides?" a-t-elle dit, troublée, comme si elle ne comprenait pas ce que je voulais dire.

J'ai soupiré.

"Tu veux une tasse de thé? Je pense que les thés d'Annette n'empêchent pas de dormir. Ce n'est que de l'eau chaude avec un brin d'herbe dedans."

Ce n'était pas terrible comme plaisanterie, mais elle a esquissé un sourire diplomate et dit oui merci. Je me suis tâtonné un chemin vers la cuisine.

Quand je suis revenue avec une tasse de camomille fumante, je l'ai trouvée endormie.

*

Je ne l'ai revue qu'au forum du lendemain. Elle ne s'est montrée ni au petit-déjeuner, ni au déjeuner. J'ai frappé à sa porte, mais elle s'est contentée de lancer : "Je travaille ! Désolée ! J'aurai bientôt fini !" D'accord, ai-je pensé. Si c'est ça que tu veux. D'ailleurs, c'était son tour à nouveau de tenir le forum, elle était sans doute en train de nous fignoler de nouvelles surprises. J'espérais seulement qu'elle s'abstiendrait de faire couler le sang. Qui était-elle réellement et pourquoi s'escrimait-elle à se tourmenter ainsi ? Elle ne donnait pas spécialement l'impression d'être une masochiste excentrique... Mais dans la salle de réunion, en attendant sa performance, je me suis rendu compte que malgré moi, je ressentais une sorte de tendresse pour elle. Complètement gaga ! Mais on ressent peut-être tous ça pour la personne dont on a été amené à prendre soin.

Cette fois-ci, elle est arrivée perchée sur des talons aiguilles, chargée de deux grands paniers. Elle avait dû faire pas mal d'achats au village avec Bertil. Le sac à dos était à sa place, comme d'habitude elle l'a ôté avec douceur et l'a posé dans un coin. On bâillait tous plus ou moins, je crois que la première série de prêches nous avait totalement vidés. Au menu, il y avait vraiment eu autant d'eau que de vin. Qu'allait-elle nous offrir maintenant, cette petite dame proprette ?

Elle a lorgné ses notes à travers des lunettes à double foyer. Puis elle a levé le menton et nous a regardés presque avec défi.

"Quel est le besoin le plus fondamental de l'homme ?" a-t-elle dit d'une voix faible et tremblante.

Étant donné son profil standardisé de gratte-papier, je m'attendais presque à une conférence sur l'hygiène élémentaire, mais elle n'a fait que feuilleter ses papiers un instant avant de dire :

"Être vu. Les gens ont besoin d'être vus, sinon ils n'existent pas. Il paraît qu'en Australie, les Aborigènes infligeaient une punition très cruelle aux criminels qui avaient gravement manqué à la tribu. Ils étaient exclus de la communauté et devaient se débrouiller seuls. S'ils essayaient de revenir, tout le monde faisait comme s'ils n'existaient pas. Ils devenaient invisibles. Personne ne leur parlait, personne ne les voyait. Sans exception, cela se terminait toujours par leur mort au bout de très peu de temps. Quand ils n'existaient pas pour les autres, ils n'existaient pas pour eux-mêmes non plus.

Nous sommes nombreux à avoir l'impression d'être soumis à cette punition-là.

Ma contribution à une sorte de foi ici et maintenant sera de vous offrir différents rites dans lesquels nous nous voyons. Et les rites sont aussi notre jauge du temps qui passe – une preuve que nous vivons réellement une vie. Des bornes kilométriques indispensables, qui jalonnent notre route. Aujourd'hui je vais vous en soumettre quelques-uns :

— *Le Rituel pour entrer dans le monde des adultes ;*

— *Le Rituel pour se protéger de calomnies douloureuses ;*

— *Et le Rituel pour la résiliation d'alliances intimes.*"

Elle a sorti une feuille transparente qu'elle a posée sur le rétroprojecteur. Une grande quantité de texte totalement illisible, écrit aux feutres de différentes couleurs, est apparue sur l'écran. Maintenant elle était, jusqu'au bout des ongles, la bureaucrate qui présentait une étude.

C'est à ce moment à peu près que mon intérêt est tombé. Elle a dû comprendre que sa technique de projection ne valait rien et elle a foncé tête baissée dans une longue description confuse des différents rituels.

La seule chose dont je me souviens est que le rituel "Résiliation d'alliances intimes" était un truc vachement poussé : on prenait un ruban, on le coupait au milieu, on posait les bouts sur un plat en argent, on versait de l'alcool dessus et on les brûlait. Elle n'allait pas jusqu'à bouffer la cendre, mais il s'en est fallu de peu.

Et tout ça avec l'œil embrasé et les joues en feu. Elle devait avoir des expériences très particulières d'"alliances intimes" !

Elle est restée indécise un moment, ses transparents à la main. Le prêche semblait fini, et bien que

je me sois presque endormie – elle était aussi inta-
rissable qu'un meneur de jeu appliqué qui apprend
aux enfants à danser une ronde autour du sapin de
Noël – je pense que j'ai réussi à enregistrer tous ses
rites sur ma cassette. C'est alors qu'elle a ajouté
d'une voix triste, comme pour elle-même :

> *"On doit quand même faire de son mieux*
> *répondre aux mails et soigner ses tournures*
> *laver les carreaux et nettoyer ses lunettes*
> *payer les factures et pardonner des fautes*
> *changer de draps et d'opinion*
> *accepter ce qu'il en est et descendre la pou-*
> *belle..."*

Ce truc à la fin n'était pas trop mal – changer
de draps et d'opinion ! – j'allais sûrement pouvoir
caser ça dans un intertitre quelque part, en gras ! À
moins que ça ne pose des problèmes de copyright ?

25

Madeleine

Pour son deuxième prêche, Adrian s'est présenté dans sa robe de moine bleu marine. Il avait laissé ses cheveux pendre librement sur les épaules, son visage était creusé de plis austères et il n'a regardé ni à droite ni à gauche lorsqu'il avançait vers le podium.

Il avait installé un petit vidéoprojecteur devant l'écran et il a fait signe à Annette d'éteindre les néons. Puis il a pivoté sur lui-même et est resté un instant à nous dévisager, les bras croisés, telle une ombre menaçante.

Sur l'écran, un effroyable montage scintillant s'est mis en route. Je ne pense pas qu'il ait assemblé ces images lui-même, mais à en juger par les halètements affolés de tous dans le demi-cercle, elles sont allées tout droit heurter nos esprits vulnérables et nous ont pris de court.

Le film était fait d'extraits de reportages sur toutes sortes d'événements épouvantables, avec l'accent mis sur la guerre et la destruction de la nature. Membres coupés et terres noyées dans le sang au Rwanda, navires-fantômes rouillés échoués sur le fond asséché du lac Baïkal, fosses communes, décharges, plages souillées de pétrole, cadavres d'enfants éventrés… Tout cela en continu, des images qui se fondaient les unes dans les autres, au son d'une musique incroyablement belle interprétée par une flûte et une harpe.

C'était insoutenable. Soudain j'ai entendu quelqu'un lancer "Arrête s'il te plaît! Ça suffit!", c'était peut-être moi.

Adrian a coupé la vidéo et nous sommes restés un instant dans le noir total. Puis il s'est mis à parler. Comme avant, il modulait sa voix, la rendant tantôt tonitruante, tantôt chuchotante.

"Rien de ce que vous venez de voir n'est nouveau pour vous. Vous savez que nous sommes une minorité protégée et que nous pouvons aller nous coucher le soir sans planquer une arme sous notre oreiller. Nous avons de quoi manger tous les jours et nous ne risquons pas d'être attaqués par des brigands ou des rebelles ni de voir nos enfants enlevés et transformés en soldats. Aucune femme ici ne sera vendue comme esclave ni exploitée ou humiliée. Et pour l'instant, le pillage systématique de notre terre n'a pas laissé de traces visibles sur le paysage ; là dehors, l'eau est limpide et les arbres poussent. Mais vous êtes au courant.

Que faites-vous pour vivre avec ça! a-t-il crié subitement. *Est-ce que vous vous dites que ce n'est pas votre problème, ou bien il ne vous est même pas venu à l'esprit que vous êtes au bord du gouffre ? Est-ce que vous pensez que la race humaine mérite amplement ce lent suicide ? Est-ce que vous voyez une explication au fait que cette incommensurable souffrance ne vous a pas atteint, vous précisément ? Est-ce que vous êtes digne d'y échapper, vous entre tous ? Ou bien avez-vous envie d'agir pour y remédier, mais sans savoir comment ?"*

Il nous a fixés droit dans les yeux, l'un après l'autre. Je ne sais pas combien d'entre nous ont été capables de supporter son regard. Ensuite il a baissé la voix en un chuchotement.

"Je vais vous faire part de ma vision. Évidemment qu'il n'existe aucun « Dieu » ! Aucun de ceux qui ont vu ces images ne peut croire qu'il y a une intelligence ordonnatrice ou bienveillante derrière ça. Le monde est un chaos irréfléchi et cruel, et nous y errons comme des enfants vulnérables dont le tuteur vient de décéder.

Les images le montrent bien : s'il existait une quelconque entité divine, elle serait malveillante et il faudrait la combattre par tous les moyens !

Le Dieu des catholiques qui a sur les mains le sang de millions de séropositifs et qui déclare que l'amour physique est un péché, pendant que les curés violent des petits garçons. Le Dieu tu-ne-tueras-point des bombardiers, qui laisse ses serviteurs bénir les bourreaux avant l'attaque. Le Dieu des musulmans qui pousse de jeunes hommes à se faire exploser en même temps que des innocents. Qui sert d'alibi pour réduire des femmes en esclavage, pour faire d'elles le bétail des hommes et des prisonnières de leur propre corps. Le Dieu des juifs qui construit un nouveau mur de Berlin, le Dieu des hindous qui massacre les sikhs et les musulmans… et inversement…

Oui, les apôtres de toutes les religions avancent dans le sang, baignent dans le sang, tiennent des peuples entiers en esclavage dans un abominable abus de pouvoir! LA FOI EN « DIEU » EST UNE PANDÉMIE QUI MENACE L'EXISTENCE DE L'HU-MANITÉ!"

Subitement il a baissé le ton et nous a regardés avec un éclat rusé dans les yeux en chuchotant d'une voix intense et vibrante : "Le temps est venu de cesser de nourrir la Bête…"

Puis de nouveau il s'est fait tonitruant :

"Mais au lieu d'attendre passivement notre perte, nous pouvons riposter, avec l'inexplicable petite étincelle de vie que nous avons malgré tout reçue! Je vous le dis : FAISONS MAIN BASSE SUR « DIEU ». SAISISSONS-NOUS DE LUI POUR L'UTILISER À DES FINS PLUS UTILES!"

J'ai frémi.

26

Wera

Adrian est plutôt beau garçon, un peu genre Johnny Depp, avec quelques cheveux gris aux tempes, trente-cinq quarante ans peut-être, il est plus jeune qu'on ne le croit d'abord. Annette est probablement plus âgée que lui. Et sa voix, un baryton chaud qu'on ressent jusqu'aux orteils. Avec une maîtrise diabolique du volume, il envoie une flopée de décibels droit dans nos petits crânes, à presque faire éclater nos tympans, puis il nous oblige à attendre la suite dans un état de fébrilité sans nom.

Je ne peux pas nier avoir ressenti un filet d'eau glacée me couler dans le dos au début de son deuxième prêche. Ce montage d'images m'a atteinte comme un coup de sabot en pleine tronche. Et pour ce qui est de sa diatribe contre les Églises, j'aurais pu me tenir derrière lui, le poing levé, hurlant : "Oui, oui !" Moi aussi je suis une disciple du bon vieux François Marie Arouet, vous savez, Voltaire, qui disait "Écrasez l'infâme !" en parlant de l'Église.

À un endroit, Voltaire dit aussi, à peu près : "Si quelqu'un arrive à te faire croire à l'absurde, il peut aussi te faire commettre les pires cruautés." Cela fera bientôt trois cents ans, mais ça colle toujours assez bien avec les fondamentalistes de tous bords.

Ensuite j'ai commencé à sentir un goût amer dans la bouche. Comment ça, faire main basse sur la religion et diriger l'humanité avec quelque chose de plus utile ? Combien sont-ils, les prophètes douteux à avoir tenté ce coup-là ? Les scientologues, Jim Jones, l'Ordre du Temple Solaire et Aum Shinrikyo – il y a pléthore de sectes politiques et de dictateurs surdimensionnés perchés sur leur piédestal partout dans le monde, qui sont leur propre dieu "pour le bien du peuple".

J'ai perdu le fil à ce moment-là et me suis plongée dans mes propres pensées, jusqu'à ce qu'un hurlement fasse trembler les coupes dans les vitrines, et ce n'était pas Adrian qui criait.

Karim a bondi sur le devant de la scène. Il était tellement surexcité qu'il a failli s'étaler – je pense qu'il devait avoir une jambe engourdie, c'est pour ça qu'il sautillait à cloche-pied. Écarlate de rage, il s'est rué sur Adrian en brandissant le poing devant son menton tatoué.

"Toi… Toi… Toi… !" a-t-il hurlé.

D'ordinaire, il parle un excellent suédois, avec quelques douces intonations étrangères qui se remarquent à peine, mais là, on aurait dit la parodie d'un immigré.

"Toi Adrian ! Tu veux faire une religion, toi ! Et diriger les gens ! Tu veux faire comme eux, tous ceux qui ont volé ma religion pour en faire autre chose ! Le prophète jamais n'a voulu transformer les femmes en esclaves des hommes ! Le prophète, il tolé… il était tolérant et tout le monde avait le droit de penser… pas avoir des policiers qui frappent ! Et vous, vous, vous les chrétiens, vous, il était pourtant dit en premier que vous deviez vous aimer les uns les autres, comme des frères et des sœurs et protéger les petits… ce sont des gens comme toi, Adrian, qui ont fait de votre Dieu un Dieu pour les croisés et les bouchers et les assassins ! On ne peut pas prendre Dieu et le poser sur ses genoux comme… comme une marionnette de ventriloque !!!"

Adrian l'écoutait, la main levée comme un panneau de stop. J'ai vu un muscle bouger sur sa joue, sa lèvre supérieure était parcourue de petits spasmes, comme un chien qui se retient de grogner. Il n'était pas aussi superbement impassible qu'il cherchait à le faire penser. Karim a fini par se taire, totalement vidé. Il est resté à dévisager Adrian, les sourcils froncés. C'est le moment qu'a choisi Madeleine pour intervenir !

"Mais tous les chrétiens ne sont pas des bouchers et des croisés ! a-t-elle dit d'une voix tremblante. Karim a raison, au début c'étaient des gens simples qui croyaient dans le message du sermon sur la Montagne. Les derniers seront les premiers ! Ils croyaient en la grâce et en l'amour et…"

Adrian lui a lancé un regard excédé et la langue de serpent tatouée sur son visage s'est agitée.

"Bien sûr ! a-t-il dit sur un ton sec. Et les premiers communistes voulaient tout partager en camarades, donner à chacun selon ses besoins, et prendre à chacun selon ses capacités. Expliquez-moi comment un si beau rêve a pu mener aux camps de la mort de Staline ? Je vous le dis : tout comme les communistes, les religions ont trop de sang sur les mains ! Les rêves originels ont été confisqués et se sont transformés en cauchemars ! Et il est grand temps maintenant pour nous de renverser le processus !"

Adrian a attendu que tout le monde le regarde à nouveau, puis il a continué comme si de rien n'était.

Il s'est retourné et a fait surgir de la musique d'un magnétophone. *Danse des esprits bienheureux* de Gluck (soupir !). Ensuite sa voix de velours sombre s'est lancée dans des explications. Son mouvement s'appellerait Héritiers de la Planète Bleue, ou simplement Les Héritiers. Ils n'auraient aucun autre dieu que notre propre terre, avec des voiles de nuages brumeux au-dessus d'océans miroitants, au-dessus de puissantes chaînes de montagne et de fleuves tumultueux…

Sa voix était lancinante. Personne ne s'enrichirait, personne ne blesserait personne ! Les membres des Héritiers porteraient des robes de moine bleues, ils célébreraient le culte par des activités pragmatiques, il pourrait s'agir de travailler pour l'environnement, mais aussi de harceler une administration en l'inondant de courrier, ça se ferait main dans la main avec des ONG fiables. À la fin de chaque réunion, on rendrait compte d'une action réalisée, avec clarté et transparence, on pratiquerait des impositions des mains pour entrer en contact les uns avec les autres et on écouterait de la musique édifiante. Petit à petit, quand le mouvement aurait gagné la terre entière, Adrian en personne apparaîtrait (tiens, pourquoi ne suis-je pas étonnée ?). Il y avait aussi quelque chose avec les robes de moine, j'ai dû m'assoupir un peu, mais il me semble que les robes étaient très importantes, on s'exprimerait en les rehaussant de motifs brodés, ça pouvait être des symboles d'une action victorieuse ou d'un appel à la lutte, on pourrait demander à un ami d'y apposer quelques points de broderie, on pourrait la porter pendant les manifestations et on pourrait se faire enterrer avec.

"Chaque réunion de cellule prend la décision d'une action, une personne est désignée pour la réaliser, a poursuivi Adrian d'une voix caressante. Il y aura des moments où nous n'aimerons pas les propositions et où nous voudrons protester contre les décisions prises, mais nous essayerons de nous dominer. Mieux vaut prendre sur soi et se contenter de serrer les poings sans frapper que de s'engluer dans des luttes intestines autodestructrices comme les sectes mineures et les mouvements politiques fanés. Plutôt quelques coups d'épée dans l'eau qu'une passivité totale. Pas de débats, pas d'unité forcée, mais une liberté absolue de changer de cellule!"

Bon, ça paraissait relativement inoffensif. Sauf que quelques tournures avaient une résonance bizarrement familière… Comment ça, des costumes? Comme des moines, ou des soldats de l'armée du salut? Des symboles des actions sur les vêtements, comme l'ordre de Wasa ou la Croix de fer?

"La liturgie sera simple, a poursuivi Adrian, toujours pontifiant. Nous allumerons une bougie, boirons un verre d'eau pure, sèmerons une graine ou planterons une fleur dans le pot spécifique à chaque cellule, bref nous accomplirons une action symbolique qui illustre une exploitation saine de la planète. Un membre du groupe mènera quelques exercices physiques, du yoga ou peut-être du qi gong, qui seront combinés avec une méditation sur les êtres vivants, le climat, des sites naturels remarquables…"

Quel pétard mouillé, sa conclusion ! Il ne manquait qu'un CD avec chant de dauphins et une poignée de cristaux ! Je m'étais quand même attendue à quelque chose de plus corrosif de la part d'Adrian, après son démarrage en trombe ! Une sorte de cercle de couture pour initiés qui de temps en temps décident d'envoyer de l'argent à Greenpeace ? Qui ne se contredisent jamais, mais écoutent en serrant les dents pendant que l'exaspération monte et qui, une fois la réunion finie, se traitent de tous les noms ? Qui écoutent les Perles du Classique, qui arrosent des plantes et se donnent des tapes amicales sur la tête ?

Allez, Adrian, montre-nous que tu as quelque chose dans le froc !

27

Madeleine

Un pied devant l'autre. Sourire à tous les visages, alors que j'ai l'impression que le mien est un assemblage de briques de Lego. Le sac à dos m'écorche plus que jamais.

Et pourtant… Quelque chose ici à La Béatitude est cicatrisant. Les discussions avec Bertil, lorsque parfois nous nous attardons devant le feu qui se meurt dans la cheminée, après que les autres sont allés se coucher. Calmement, simplement, il me donne de petites images – des choses qu'il a vues ou lues, une belle formule, une fleur étonnante sur le rivage d'une mer, des formations nuageuses autour d'une montagne qu'il a gravie, une pensée, une personne. Et je cherche dans ma vie quelque chose à lui rendre. Nous sommes comme deux enfants qui échangent des marque-pages.

Ou la présence de la Dame grise. Chaque fois que je m'assieds près d'elle pour manger ou pour écouter, je me souviens du rêve que j'ai fait après son forum et ça me calme. Je lutte tant pour me maintenir parmi les vivants. Pour être comme eux ! Je crois que je partage ce désir avec Karim, bien que ses points de départ diffèrent et qu'il soit un être bon. Alors que moi…

Aujourd'hui au petit-déjeuner une discussion enflammée a éclaté au sujet de ce que Wera appelle le roulement des prêches. Je crois qu'elle nous en veut un peu de ne pas avoir montré plus d'enthousiasme pour ses dieux fabriqués de toutes pièces. Elle dit qu'elle ne veut pas être promenée comme une oie dans un troupeau par Adrian – c'est lui qui a établi le schéma de nos interventions. Après Annette, c'est le tour de Wera, mais apparemment elle a l'intention de repousser son forum aussi longtemps que possible. Elle veut se consacrer à une sorte d'opération de sauvetage lorsque nous autres serons égarés encore plus loin dans le marigot divin. Elle l'a forcément voulu comme une plaisanterie, mais personne n'a esquissé le moindre sourire. Annette a froncé les sourcils et dit qu'elle aussi avait l'intention de prendre cette liberté, parce qu'elle venait de trouver de nouvelles vérités à explorer. Alors que tout le planning des forums menaçait de s'écrouler, Karim est venu à notre rescousse.

"Mais moi, je peux prendre le forum d'aujourd'hui ! a-t-il dit. Avec plaisir je le fais !"

Et il en a été ainsi.

Je pense que tout le monde aime beaucoup Karim et nous écoutons volontiers ses ambitions qui sont d'un enthousiasme à vous laisser pantois : effacer les antagonismes, ouvrir des chemins, unir les peuples et les pays. Mais je n'y peux rien, c'est quand même un peu soporifique. Aujourd'hui il avait apporté de gros paquets de livres, il a longuement tourné les pages pour trouver la bonne citation et a lu des passages parfois interminables d'une prose religieuse difficile à comprendre.

Ça parlait de son envie de retourner en arrière pour guérir le schisme entre sunnites et chiites et en même temps il nous exhortait à trouver ce qui reliait nos Églises luthérienne, catholique et orthodoxe et à construire à partir de là une nouvelle Église universelle. Il y ajouterait ensuite l'islam œcuménique qu'il aurait élaboré, et à terme d'autres religions aussi.

Il a lu pendant deux heures et j'ai appuyé ma tête dans mes mains pour essayer de cacher que je fermais les yeux. De temps en temps, les autres faisaient des interventions finaudes que dans ma somnolence je n'étais pas en état de saisir. Sans arrêt les mots Dieu, Yahvé, Allah perçaient dans le brouillard de ses textes et je suis incapable d'expliquer comment c'est arrivé, mais tout à coup, j'ai vu rouge et je me suis levée. J'aurais tant voulu que ce ne soit pas sur toi, Karim, petit Karim, que ma colère gratuite se soit abattue. Je ne sais même pas d'où elle est venue.

28

Wera

On était en train d'écouter les tirades de Karim sur la théologie chrétienne et musulmane, il faisait une petite excursion du côté de l'hindouisme. Globalement, c'était une bouillasse œcuménique qu'il nous servait et il se vautrait dedans avec la mine innocente et heureuse d'un cochon qui a trouvé une bauge rafraîchissante. Tout le monde hochait une tête bienveillante et multiculturelle et faisait semblant d'être éveillé. Je pense que c'est pour ne pas tomber de sa chaise dans un ronflement qu'Adrian a soudain levé la main comme un agent de la circulation et a fait entendre sa voix.

"Oui bon, mais Bertil a bel et bien constaté que la religion n'est qu'un comportement de groupe culturellement et géographiquement limité! a-t-il dit avec une mine omnisciente et sentencieuse et avec la voix de velours qui le faisait tant bander. Ta foi dépend de l'endroit où tu es né et de l'époque où tu es né! Par exemple, quelle est la probabilité que tu deviennes sikh si tu es né dans une famille d'ouvriers de la Suède profonde, ou prêtre aztèque si tu es né à, disons Tokyo? Comment pouvez-vous croire que la religion dans laquelle vous êtes tombé par le caprice de la géographie soit la seule Vérité ?

— C'est ça, c'est *ça*, Adrian ! a renchéri Annette en tapotant la main d'Adrian comme s'il était son enfant surdoué. Et puis tous ceux qui croient en un Dieu *tout-puissant* ! Les chrétiens de droite en Amérique, est-ce qu'ils croient que leur Dieu pourrait convertir des musulmans du monde entier en protestants anglo-saxons s'il le voulait ? Et si Dieu ne le fait *pas*, comment est-ce qu'ils se l'expliquent ? Le Dieu chrétien, est-ce qu'il *veut* qu'une grande partie de l'humanité soit musulmane ? – à moins qu'il ne soit pas tout-puissant ? C'est la seule explication ! Et Allah, est-ce qu'il est si grand que ça alors qu'il n'arrive à rallier qu'une partie des hommes ? Et même ceux-là ne sont pas capables de s'entendre entre eux. C'est par là que tu devrais commencer, Karim, excuse-moi de le dire !"

Karim les a suivis des yeux, l'un après l'autre, comme s'il regardait un match de ping-pong. Il avait l'air complètement sonné.

"Mais si nous devions vivre sans but, sans questions – alors nous serions comme les animaux ! a-t-il dit au bord des larmes. Vous voulez supprimer la spiritualité ? Mais elle nous est *nécessaire*, comme il est nécessaire de respirer pour vivre ! Spiritualité, respirer, c'est la même étymologie. Nos questionnements sur le sens, nos pensées et nos rêves et notre crainte et notre désir – et l'amour… Tu parles de t'emparer de Dieu, toi Adrian, et de l'utiliser, mais ce sont les prophètes du monde entier qui se sont emparé de notre spiritualité pour essayer de la couler dans leurs moules ! Il faut tout de même faire la distinction entre dogmes religieux et spiritualité ! Si notre spiritualité est un pré, les religions sont les fleurs qui s'y épanouissent ! Différentes fleurs poussent à différents endroits, et plus elles sont nombreuses, plus c'est beau. Et je pense… je pense… je pense simplement que si nous pouvons trouver le pré de notre spiritualité, nous nous rencontrerons au-delà des frontières des religions et nous pourrons vivre ensemble dans l'amour…"

L'excitation le faisait bégayer.

"Mais tu dois bien comprendre, Karim, que les anciennes religions sont inutilisables dans un monde nouveau, a dit Adrian sévèrement. Qui aurait l'idée par exemple de commencer à croire à des théories politiques vieilles de plusieurs millénaires ? Qui voudrait qu'on restaure des régimes avec esclaves et trône héréditaire pour des empereurs omnipotents ? Ou des rois divins ? Et qu'a dit Allah au sujet de l'effet de serre ou Bouddha sur la prolifération des armes nucléaires ?

— Et comment tu sais que les animaux ne sont pas dotés de spiritualité, à leur façon ?" a ajouté Annette toute contente d'elle. (Ma main à couper qu'elle a un chat qui s'appelle Isis ou Inanna ou un truc comme ça.)

"Une vie d'homme ne suffit pas pour se choisir un dieu parmi tous ceux qui existent déjà…" a insisté Adrian.

Madeleine, qui s'était levée sans se faire remarquer et était restée debout depuis un long moment, immobile et menaçante comme un nuage orageux – il faut savoir imaginer un nuage orageux avec un sac à dos – a subitement poussé un cri à nous figer sur place. Tout le monde s'est tu et l'a regardée, stupéfait.

"Dieu, Allah, Yahvé Sabaot!" a-t-elle hurlé à l'adresse de Karim, d'une voix puissante et rauque que je ne l'avais jamais entendue employer auparavant. Karim, effrayé, n'a rien dit, il a tenu ses mains comme un bouclier devant lui.

"Oui, Karim, tu peux continuer à énumérer des dieux, mais pourquoi devrions-nous les prendre au sérieux et essayer de les unir seulement parce qu'en principe ils se ressemblent? a-t-elle crié. Est-ce que cela ne prouve pas tout autre chose? Par exemple, nous savons tous que nous allons mourir, c'est peut-être pour ça que nous nous créons des dieux, pour ne pas voir que nos vies n'ont aucune espèce de sens! Nous inventons quelqu'un qui nous voit et nous récompense ou nous punit comme un maître d'école divin et omniscient, et qui de plus nous ressemble – et ainsi nous gagnons notre petite dignité humaine… Pour ne pas commencer à vivre comme des animaux, nous accoupler, rapiner et massacrer tous ceux qui se mettent sur notre chemin! C'est pour ça que les dieux se ressemblent tous, parce que l'espèce se ressemble partout! Des bêtes avides qu'il faut protéger d'elles-mêmes! Des bêtes présomptueuses qui se veulent *supérieures*!"

Madeleine a lancé des regards mauvais autour d'elle. Karim avait la bouche ouverte et les bras ballants, Adrian était muet, elle avait réussi à lui clouer le bec, même à lui.

"Tous ces discours, tous ces boniments ! Vous utilisez votre petite intelligence comme une pelle, vous creusez dans ce qui a été la question de l'homme pendant des millénaires, de petits tas que vous déposez par-ci par-là ! Quel sens y a-t-il à tout cela ? Donnez-moi une seule raison de ne pas me transpercer le cœur avec ce couteau ici et maintenant ?"

Elle avait ressorti son petit canif et l'agitait sauvagement.

Bertil s'est levé, il est allé prendre ses mains, et les a doucement serrées contre sa large poitrine. Le canif est tombé par terre.

"Une bonne raison est que tu réussirais probablement seulement à te blesser et tu resterais tout à fait vivante, mais en souffrant horriblement, a-t-il dit en passant sa main dans le dos de Madeleine pour la calmer. Mais ce n'est pas la raison la plus importante. Tu ne t'es jamais dit que ta question est peut-être très mal posée ? Qui dit que nos vies doivent avoir un « sens » ? Quel « sens » a la mer ? La gazelle qui saute dans la savane, la fleur dans la jungle que personne ne voit ? Pourquoi ne pouvons-nous pas accepter avec reconnaissance de vivre dans le monde et d'utiliser au mieux les années qui nous sont données ? N'est-ce pas suffisamment remarquable ? N'est-ce pas divin ? Laisse donc les dieux aller en paix, Madeleine, si tu n'as pas besoin d'eux et s'ils ne font que te tourmenter !"

Madeleine s'est arrêtée net et l'a fixé, bouche bée. Ensuite elle a fait la tête d'une enfant boudeuse et mutine à qui on vient de dire qu'elle n'a pas le droit de jouer avec les ciseaux pointus.

"Je n'ai pas… utilisé au mieux mes années et maintenant je ne peux même pas… me laisser corrompre par le rêve d'un Dieu qui pardonne et qui rachète… Si vous en saviez plus sur moi… et sur mon angoisse… vous n'essaieriez pas de me consoler !"

Annette s'est levée aussi et est allée se mettre devant Madeleine, les mains sur les hanches. Je crois qu'elle était froissée que leur raisonnement ingénieux, à elle et à Adrian, ait été réduit à des boniments. Ses joues luisantes et écarlates tremblaient comme de la gelée de groseilles.

"Et ton angoisse à toi est évidemment la pire que quelqu'un ait pu vivre, de tout temps ! a-t-elle craché. Sans l'angoisse, tu ne serais rien, c'est ça ? Elle t'écorche et elle te fait mal et ça te fait te sentir vivante ! Mon œil que tu veux être consolée ! Tu es une masochiste dans l'âme et tu jouis de ta souffrance !

— Je ne pense pas, a lentement dit Madeleine. Mais je crois que je suis d'accord avec toi, sans mon angoisse je ne serais personne. Elle est mon seul souvenir de ce qui donnait un sens à ma vie. Si je ne l'avais pas, je serais obligée de trouver une raison de me lever chaque matin et je n'en ai pas la force. Donc, merci Annette, tu as un peu raison, et tu veux sans doute faire le bien, mais je te conseille de ne pas toucher à mon angoisse ! J'en ai besoin !"

Elle a enfilé son sac à dos et s'est dirigée vers la porte. Avant de la franchir, elle s'est arrêtée.

"On va au lit maintenant, mon angoisse et moi ! a-t-elle dit et elle a souri. Bonne nuit tout le monde !

Et pardonne-moi, si tu le peux, cher Karim, d'avoir interrompu ton forum !"

Je me suis rendu compte que c'était la première fois que je la voyais sourire.

*

Et c'était vraiment dommage qu'elle disparaisse comme ça pour aller chouchouter son angoisse perso, car son coup de sang a mené à une prise de bec vivifiante autour de la tisane. Comme de bien entendu, la walkyrie Annette a ouvert les hostilités. Les cheveux hérissés, elle paraissait plus déchaînée que jamais, il ne manquait qu'une épée et une gigantesque armure autour de sa poitrine rebondie.

"*Un sens !* s'est-elle indignée à la cantonade. Comment ça, un sens, qu'est-ce qu'elle demande là ? Le sens de quoi, le sens de la vie ? La vie de qui ? La vie de l'humanité ? Sa vie, ma vie ? La vie des vers de terre ?

Lequel de tous les foutus *sens* est-ce qu'elle cherche ? Le *sens*, comme direction ou comme finalité ? Comme perception ou signification ? Est-ce qu'il y a un *sens* à une crise d'appendicite ? Le *sens* de cet exercice est de vous apprendre à reconnaître trois variétés de champignons comestibles…"

Annette m'avait raconté que son employeur à l'hôtel l'avait envoyée faire une sorte de stage d'expression orale. Les autres employés suivaient des stages de cuisine, de couture, de savoir-vivre, d'habillement et que sais-je encore, mais Annette était tellement compétente en tout que la seule chose qu'on ait pu lui trouver était un cours de langue suédoise, grammaire et étymologie. Les mots, rien que les mots et leur signification exacte! Leur sens! Sa réaction devait être le résultat de cette formation. Parce qu'elle était loin d'en avoir terminé avec le mot "sens"!

"Quel est la *finalité* ou le sens d'un cancer des testicules? a-t-elle rabâché. Toi Karim, et mon distingué pasteur de première communion, vous diriez sans doute que le sens d'un cancer des testicules est de mettre l'homme à l'épreuve et de l'anoblir par la souffrance. Mais y a-t-il un *sens* lorsqu'un enfant marche sur une mine antipersonnelle?"

On l'a tous regardée, un peu sceptiques, tout en sirotant notre infusion fadasse. Mais elle était lancée maintenant, on ne pouvait plus l'arrêter.

"Un sens, comme *signification*, peut-être. À savoir si la vie, notre vie personnelle ou l'existence de l'univers, a une signification spéciale. Ma petite vie en tant qu'Annette, née en mille neuf cent soixante-trois, quatre-vingt-trois kilos, réceptionniste, est-ce qu'elle a une importance lisible quelque part? Par moi? Par le Seigneur? Et qui a le droit d'expliquer à l'univers qu'il a une certaine signification?"

Elle tenait le crachoir comme si elle avait versé une bonne rasade de gnole dans sa tisane.

"Ou bien est-ce qu'elle veut dire sens, comme *but*? Alors il doit exister quelqu'un qui a visé ce but. LE SEIGNEUR? Quel est le but du SEIGNEUR, s'agissant de nous?"

La sueur perlait sur son front. Elle a extirpé de la poche du tablier un mouchoir grand comme un torchon et s'est épongée un bon coup. Puis elle a repris son élan et continué.

"Le seul sens de la vie que j'ai réussi à repérer dans la Bible, c'est que nous devons tous souffrir un peu et ensuite nous irons au paradis, et nous devons tout le temps obéir aveuglément au SEIGNEUR et essayer de deviner quelle est sa volonté. Et lui rendre hommage, comme des groupies dévouées, qui ont tous subi un lavage de cerveau et qui n'ont pas peur de la mort. Il veut de vrais sacrifices, la quête à l'église, des immolations et des donations, on dirait que c'est ça, son but avec nous ! J'ai le sentiment que si je lisais le Coran et la Torah, ces SEIGNEURS aussi auraient le même but avec leur fan-club. Pas vrai ?"

Voilà qu'elle a recommencé à s'en prendre à ce pauvre SEIGNEUR. Elle nous a regardés avec la mine sévère d'une maîtresse d'école qui interroge ses élèves sur la table de trois. Elle était écarlate et a subitement été prise d'une quinte de toux. Jamais de ma vie je n'ai croisé un pasteur avec plus d'ardeur dans son prêche qu'Annette à cet instant.

À côté de moi, Bertil s'est levé, lentement, lourdement. Il a attendu qu'Annette ait fini de tousser, puis il a dit de sa voix de docteur la plus grave, la plus tranquillisante :

"Un sens, Annette ? Mais un *sens*, c'est une sensation qu'on éprouve. Elle peut être localisée à un endroit précis du cerveau et elle nous procure une grande satisfaction. Si nous pouvons ressentir un sens, nous pouvons faire des miracles. Autrement, nous mettons fin à nos jours.

— Et voilà, c'était couru d'avance que tu allais rappliquer avec ta blouse blanche pour étaler ta science ! a fait Annette sur un ton acerbe. Je parie que toi, tu trouves le sens de la vie dans la pharmacopée ! Mais d'accord, Bertil, disons que « le sens » n'est qu'une sensation que nous avons dans le cerveau !!! Imaginons qu'on arrive à le stimuler avec un petit béret électrique ou un truc comme ça ou à nous implanter une puce au bon endroit – et hop ! les gens iraient à leurs tristes boulots de caissières et de gérants de poissonneries et de tatoueurs avec la certitude que ce qu'ils font est rempli de *sens* ! Et McDonald's aurait des jeunes filles et garçons joyeux, coiffés de bérets électroniques fringants et qui jamais ne demanderaient d'augmentation, parce que ça a tant de *sens* de servir une nourriture qui file le diabète et des maladies cardio-vasculaires. Et…"

Bertil a levé la main.

"Mais je le redis encore une fois, Annette. Pourquoi est-ce que la vie doit à tout prix avoir un *sens* ? Pourquoi faut-il exiger de l'existence un but, une orientation ou une signification ? Pourquoi ne pas simplement l'accepter comme un don ?

— Simplement accepter Le Grand Cadeau ? s'est exclamée Annette en poussant encore un de ses souffles vigoureux qui soulevaient les rideaux. À t'entendre, on dirait un foutu coach dans un stage de mieux vivre, Bertil, ou un pasteur à la radio ! La tête inclinée et Bienveillance et Tu es Unique et On compte sur Toi et ce genre de conneries ! Aucun avis précis sur quoi que ce soit ! Mais demain, c'est à toi de parler. Alors je serai aux premières loges pour boire tes paroles et ensuite j'interviendrai et je corrigerai, exactement comme le fait monsieur le médecin-chef lui-même aujourd'hui!"

À la grande surprise de tout le monde, elle a ensuite éclaté de rire. Silence indigné d'abord, puis les uns et les autres se sont joints à elle en pouffant un peu. Bertil a ri aussi, mais il avait l'air un peu stressé. Il sait très bien qu'il n'est pas un Martin Luther King charismatique. Ni même un simple Lasse Berghagen*…

* Compositeur-interprète, poète, acteur, animateur télé, entre autres, né en 1945, immensément populaire auprès des Suédois.

29

Madeleine

Treizième jour, au tour de Bertil de parler. Ce fut le forum le plus bref jusque-là.

Nous nous sommes rendus dans la salle de réunion qui est nue désormais comme une salle de monastère, mais avec de vilaines marques sur les murs, des carrés sombres laissés par toutes les photos encadrées de patrouilles de scouts. Nous n'avons rien pu faire pour les vitrines pleines de coupes et de drapeaux miniatures, elles sont fixées aux murs, mais nous leur tournons le dos, installés en demi-cercle, face à la fenêtre. Bertil a marché de long en large devant nous, et Wera a pouffé de rire.

"Poirot nous a réunis pour révéler qui est le meurtrier", m'a-t-elle soufflé à l'oreille.

Elle est vraiment fatigante.

"J'ai l'intention de vous parler des sept vertus capitales aujourd'hui, a dit Bertil. Celles qui nous empêchent d'aimer nos vies. Celles qui bouchent la vue sur le monde fantastique, ordinaire et profane qui devrait s'étendre devant nous pour notre plus grand plaisir, une fois que nous nous sommes libérés de tous les dieux ! Je sais qu'Adrian aime que les prêches suivent un plan systématique. Alors, ceci est pour toi !"

Il a fait un clin d'œil à Adrian qui avait l'air méfiant.

"L'Église a autrefois défini ce qu'elle appelait les sept péchés capitaux, a poursuivi Bertil. Orgueil. Avarice. Luxure. Gourmandise. Envie. Colère. Et Paresse."

Il a replié, l'un après l'autre, les sept doigts qu'il avait levés en l'air.

"Mais l'Église ne tient plus le haut du pavé – le bâtiment peut-être, mais il est vide. Nous avons comblé ce vide avec du bonheur terrestre, qui s'achète ! Et c'est pourquoi nous avons retourné comme un gant ces péchés mortels. Nous les avons transformés en vertus capitales !

— Et Blanche-Neige, elle avait… avait sept petits… sept petits nains mortels…" a bafouillé Wera à côté de moi.

Son haleine empestait l'alcool. Elle n'écoutait sans doute même pas. Je me suis détournée d'elle pour me concentrer sur Bertil.

"À la place de *l'Orgueil* se déroule la *Faiblesse-du-moi*. Tu ne fais l'affaire que lorsque tu as acheté tel ou tel produit ou assimilé tel ou tel message ! Et nous devenons des victimes faciles pour les experts et les publicitaires, aussi faciles que nous l'avons un jour été pour le prêtre qui nous promettait le royaume des cieux.

Au lieu de *l'Avarice* nous vivons dans un *Gas-pillage* porteur de mort. Nous savons tous que nous avons hypothéqué les ressources du futur et que nous sommes en train de les dilapider dès aujourd'hui. Nous avons mangé la nourriture de nos enfants, comme des parasites. Nous avons fabriqué nous-mêmes l'apocalypse qui nous attend.

Le péché capital *Luxure* est devenu une industrie de luxure qui nous pousse dans *l'Ennui*. Qui peut vivre le vertige d'un baiser lorsque les sens ont été stimulés à outrance par des copulations routinières dans tous les orifices du corps ? L'amour comme exercice de fitness interminable où celui qui flanche doit feindre ses orgasmes !"

Ici Wera a ri ouvertement, le genre de rire qu'on pousse quand on est sûr d'avoir l'audience avec soi. Les autres, en revanche, se sont tortillés de malaise. Karim a fermé les yeux et hoché la tête, le visage écarlate.

"À la place de *la Gourmandise*, nous avons *l'Anorexie* et mille façons de tourmenter son corps, nous nous essoufflons dans des salles de gym et nous nous mortifions comme des moines au Moyen-Âge. Si quelqu'un nous disait que nous deviendrions plus beaux en nous flagellant, nous inscririons le fouet au programme des activités, quelque part juste après le yoga !

Au lieu de *l'Envie* nous avons *l'Adoration d'idoles*, ça va des vedettes des séries télé aux sportifs anabolisés qui gagnent des fortunes. La danse autour de la médaille d'or…

Et *la Colère* ? Nous n'avons plus le droit d'en montrer. L'agressivité doit être enrayée avec des médicaments et des thérapies pour que l'autorité ou le capital puissent nous mener comme du bétail dans la direction de leur choix. Ferme ta gueule et avale ta pilule ! T'es pas terroriste, tout de même ?

La Paresse. L'interdit absolu. Celui qui jouit de toute sa santé n'a pas le droit de rester allongé sur le dos et de regarder passer les nuages. Nous sommes des hyperactifs accros au travail qui faisons glisser nos enfants-curling d'une activité à l'autre ! Même le prétendu temps libre est planifié avec de la muscu et des voyages organisés…

— Dis donc toi ! a coupé Wera d'une voix criarde. Je… j'peux te demander un truc ? C'est valable pour toi aussi, tout ça ? T'as des mômes-curling, toi ? Tu baises dans tous les orifices pass'que tu t'ennuies ? Est-ce que tu soulèves d'la fonte, est-ce que tu mates des séries télé ? Et d'ailleurs, elle est à toi, non ? C'tte sup… super-bagnole dans la cour, hein ? On dirait bien qu'tu dilapides les ressources, toi !"

Pour la première fois, Bertil a paru un peu désarçonné. Il s'est arrêté net et l'a regardée. Elle a poursuivi, manifestement satisfaite de l'attention :

"Pass'que sinon t'es qu'un autre de tous ces… tous ces essperts qui nous bourrent le mou avec c'qui est bien et c'qui est mal ! J'me trompe ?"

Du coin de l'œil j'ai vu la Dame grise sourire. Et soudain Bertil a souri aussi.

"Tu as entièrement raison, Wera ! a-t-il dit. Je ne suis qu'un de plus parmi déjà trop ! Allez, on va tous boire une tisane maintenant !"

30

Wera

Ça y est, je sais tout! J'en ai appris de bonnes sur Bertil! Qui aurait pu croire ça! Il me faut peut-être abandonner *Circulaire* et cet article sur des culs-bénits et plutôt me mettre à travailler sur lui? Essayer de trouver ce qu'il fait réellement dans cet endroit improbable?

Olof m'a appelée, il était excité comme une puce. Il avait trimé comme un malade, parce que le bonhomme avait assez bien effacé ses traces. Il ne s'appelle pas Bertil, son nom est Johan Bertílian! Tout à fait, et ça fait un bout de temps que personne ne l'a entendu, ce nom-là. Les gens s'imaginent sans doute qu'il s'est acheté un petit pays quelque part sous les tropiques où il passe son temps vautré dans une chaise longue sous les palmiers, entouré de ses esclaves! On ne connaît pas le montant exact de sa fortune, mais il paraît que les millions pleuvaient comme vache qui pisse avant qu'il disparaisse.

Vous tous, industriels surdoués qui avez courageusement démarré votre entreprise et bâti une fortune à partir de rien, vous pouvez aller vous rhabiller. La carrière de Bertílian est tout autre, pour le peu qu'on en sait. Il a été médecin, ça, c'est un fait, et il s'est mis à jouer en bourse avec un petit héritage. Il est resté à l'écart de la scène médiatique, mais dans le monde de la finance, il s'est rendu célèbre pour son flair hallucinant pour les bons investissements. Il savait prendre en compte des facteurs en apparence mineurs dans les fluctuations du marché, il était au parfum de toutes les décisions politiques avant que quiconque ait pu saisir leurs implications, il semblait deviner où les gens avaient l'intention de s'installer, quelle serait la tendance de la mode et quelles poudrières aux quatre coins du monde allaient influencer les valeurs boursières ! La légende veut qu'il ait lu par hasard *Harry Potter* dès sa sortie en librairie – et qu'il se soit dépêché d'acheter la maison d'édition, une compagnie cinématographique et une fabrique d'articles de magie ! Ce n'est pas vrai, évidemment, mais c'est comme ça que les gens le voyaient. Des paris incompréhensibles – qui se révélaient gagnants ! Il récoltait des sommes colossales et les remettait en jeu, investissant dans de petites organisations bizarres dont personne n'avait entendu parler. Puis, il y a une douzaine d'années, il a pris le maquis, on ne pouvait le joindre que via son avocat. Pour la majorité des lecteurs de tabloïdes, il est à peu près inconnu puisqu'il y a peu à écrire sur lui en tant qu'individu, mais depuis sa disparition, on voit apparaître de temps à autre des articles du genre – *Bertílian – assassiné pour ses millions ou retiré dans un monastère ?* Yiihaaa ! Les enchères pour mon article vont crever le plafond ! Johan Bertílian ! Et je vais écrire un truc énorme sur lui en train de déblatérer sur le "capital" qui nous a détruits! "Prends une pilule, putain de terroriste" – on croit rêver!

Je l'ai croisé au petit-déjeuner aujourd'hui, un repas assez maussade depuis qu'Annette a cessé de s'occuper de notre bien-être. Du pain Wasa avec du fromage à tartiner qui a le goût et l'aspect de la vaseline, des sachets de thé qui donnent une faible teinte d'urine à l'eau tiède. Il mâchouillait dans un calme suprême, Bertil-Johan, et il semblait communiquer par télépathie avec la Grise à côté de lui, parce que par moments ils hochaient la tête de concert et se regardaient furtivement. Conseils financiers, peut-être? Il a levé son regard gris et doux de médecin sur moi et a demandé à me parler en privé dès que possible, il avait reçu les résultats du prélèvement.

Les résultats? Il n'avait donc pas lâché l'affaire. Pourquoi? Des souvenirs nostalgiques de la blouse blanche? Je me ferais un plaisir d'écouter ce qu'il va bien pouvoir inventer. Sa compétence dans ce domaine doit être rouillée maintenant, mais je pourrais peut-être me faire tuyauter pour la bourse?

J'ai été tellement survoltée par tous les scoops qui semblaient me tomber dessus que je me suis offert un petit moment sympa avec mon bon vieux Bombay Sapphire, coupé avec du jus de pomme bio… puis j'ai pris mon ordi sur les genoux et j'ai essayé de stabiliser mon regard.

31

Circulaire

Extrait du chapitre cinq de la série d'articles "Chacun à sa façon" de Wera Bodhin.
Sous-titre : "Vertus capitales et sens de la vie"

S'ils sont réellement venus ici pour trouver une foi, les sept personnages atypiques de La Béatitude, alors ils sont venus pour rien ! Une affaire à porter devant l'Office de défense des consommateurs ?

Et si quelque chose s'agite entre les murs gris-jaune écaillés de La Béatitude, ce ne sont en tout cas pas des dieux, d'aucun genre ! Et aucun ange ne traverse les pièces – ça rabâche, ça crie et ça psalmodie en permanence. Il n'y a ici que sept enfants qui essaient de démonter leurs jouets, et ceux des autres, pour voir comment c'est à l'intérieur. Oui, j'en suis un, et voici ce que j'ai trouvé :

Karim a une sorte de sens fondamental de la spiritualité – pour lui, esprit-respiration-spiritualité relèvent de la même nécessité vitale. (On peut probablement remonter à une racine latine commune – spiritus *– allant du spiritisme au respirateur, à vérifier, je ne me suis pas encombrée d'un dictionnaire en venant ici.) Il marque un point, c'est* *indéniable – mais il est irrémédiablement pris dans des sables mouvants. Les religions au fil des siècles n'ont guère uni les peuples, elles les ont plutôt divisés dans des groupes de plus en plus petits. Et elles semblent avoir mis peu de temps pour se scinder – chaque Sauveur a généré des dissidents qui n'ont pas traîné la patte pour créer leur propre bizness. Je suis désolée, Karim, mais tu auras du mal à rafistoler l'humanité à l'aide de la religion, ils sont légion, les braves gens de Jérusalem, Bagdad et Belfast à pouvoir te le dire. Mais l'idée était noble !*

La Grise… l'écouter me met dans l'état où on se trouve parfois quand on cherche un nom ou un mot, mais sans le trouver. On l'a sur le bout de la langue, on SAIT qu'on détient la connaissance dans un recoin du cerveau, mais impossible de la faire remonter à la surface de la conscience. Quand j'entends la Grise parler, je me rends compte que ce dont elle parle existe quelque part en moi, mais je n'arrive pas à le formuler. Et qui sait, ce dont elle parle n'est peut-être pas destiné à être pensé, seulement ressenti ? Si je devais miser ma béatitude personnelle sur un des prophètes ici présents, ce serait sur elle, parce que je n'arrive pas à voir ce qu'elle a bien pu omettre sur son CV.

Je le vois très bien en revanche pour les autres participants. Un peu de bienveillance générale et une portion de jérémiades à la Bertil, sport fréquent parmi les hommes de son âge. (Dans un article prochain, je reviendrai sur le passé sensationnel, insoupçonné, de ce monsieur !) Annette semble avoir plusieurs comptes à régler avec la gent masculine. Madeleine est une névrosée totalement frappadingue à cause de quelque péché ancien, elle porte probablement du fil de fer barbelé à même la peau. Et Adrian – voilà un jeune homme avec des ambitions ! Il a sans doute débuté comme agitateur politique, puis changé son fusil d'épaule pour faire dans le spirituel. Ou s'est emparé du spirituel, dans le même but. Il ne cherche aucun dieu, il veut en devenir un. Exploiter le besoin de spiritualité des gens pour grimper sur leurs épaules.

Et moi, chers lecteurs ? Vous savez pourquoi je suis là. Mais je dois dire ceci pour la défense de La Béatitude : personne ici ne vise à se faire de l'argent sur la quête spirituelle de ses semblables.

Ce qui rend La Béatitude unique dans la branche.

32

Madeleine

Wera nous cache quelque chose ! Elle glousse de
joie où qu'elle aille et sa mauvaise humeur semble
totalement envolée. Adrian n'en a pas cru ses yeux
quand il l'a vue prendre l'initiative de faire la vaisselle après le repas. Elle a demandé à Bertil d'essuyer les assiettes, mais il avait promis d'aider
Adrian à couper du bois. Et pourquoi lui donnerait-il
un coup de main, après qu'elle a gâché son forum ?
Je leur ai fait signe de partir et j'ai attrapé le torchon.
   Elle s'est mise à la vaisselle en forçant sur les
gestes, avec ce côté exagérément méticuleux qu'ont
les personnes ivres. Elle a cassé quatre assiettes qui
lui ont glissé entre les mains, il y avait des morceaux de porcelaine partout sur le vieux lino mar-
ronnasse. J'ai pris un balai et je les ai ramassés sur
un bout de journal, et elle est restée à me regarder,
pliée de rire. J'aurais pu la frapper. Elle en pleu-
rait tellement elle riait, et je lui ai finalement dit de
monter s'allonger un petit moment, avant le forum
d'Annette. Elle a attrapé au vol une bouteille avec
un dernier fond de jus de pommes et a fait une sortie retentissante, toujours secouée de rire. J'ai fini
de laver la vaisselle.

Soudain j'ai entendu un bruit derrière moi. Quelqu'un est entré et s'est assis pesamment sur le coffre à bois. Sans me retourner, j'ai su que c'était Bertil. Il geignait.

"Qu'est-ce qu'il y a, Bertil, tu as mal? ai-je dit, toujours sans me retourner.

— Les muscles qui rouspètent, c'est tout, a-t-il marmonné. Je ne sais pas depuis quand je n'ai pas coupé de bois. Adrian s'attaque aux bûches comme si elles étaient des ennemis personnels. Il aura du mal à être crédible en leader pieux et charitable de sa future secte."

Je me suis tournée et l'ai regardé. Il était affaissé sur le coffre, l'air éprouvé, et son visage avait pris une teinte livide.

"Mais Bertil, mon cœur, tu t'es quand même régalé d'être là dehors à braver le monde physique? À l'assimiler – les bûches, la pluie, les feuilles d'automne, les mouvements de ton corps? N'est-ce pas ça, le divin? Même si ça n'a pas de sens?"

Je n'ai eu aucun problème à le charrier. Cela faisait une éternité que je ne m'étais pas sentie suffisamment en confiance avec quelqu'un pour pouvoir le taquiner un peu et ça m'avait beaucoup manqué.

Et je l'ai appelé "mon cœur".

"On peut décider de penser que la nature et le monde physique sont Dieu, bien sûr, a-t-il soupiré. Mais ce n'est pas une raison pour l'aimer, par tous les temps! Et comme disait Carl Sagan, l'astronome, tu sais – ça ne sert pas à grand-chose de vouer un culte à la loi de la pesanteur!"

Nous avons ri. J'ai continué à faire la vaisselle et il est allé s'allonger sur la banquette de cuisine, de toute sa grande carcasse. En soupirant, il a glissé quelques coussins sous son dos et a regardé d'un air songeur le plafond noir de suie.

Tout était très paisible dans la cuisine. Le fourneau à bois chantait doucement, le vent hurlait dehors au coin de la maison, quelqu'un avait posé un grand pot avec des branches de sorbier sur la table et allumé une bougie dans un bougeoir en laiton. Ça ne pouvait guère être Annette ou Wera, ni aucun des hommes, c'était peut-être Eve-Marie ?

Bertil fixait la flamme.

"Tu sais, Madeleine. Parfois je me dis que nous avons pris tout ce projet par le mauvais bout, que nous soyons à la recherche de Dieu ou que nous reniions les religions. Nous aurions dû commencer par éliminer le mot « Dieu » de notre vocabulaire. Personne n'aurait dû avoir le droit de le prononcer ! Alors nous aurions été obligés de définir tout le temps de quoi nous parlions réellement.

— Tu veux dire comme avec le mot « sens » ?

— Oui. Et alors la question « est-ce que tu crois en Dieu » devient aussi totalement inutile, ou bien exige une autre réponse que juste un oui ou un non flemmard.

— Je sens que maintenant tu vas m'expliquer que « Dieu » ou le sentiment de l'existence de Dieu se trouve aussi quelque part dans un lobe du cerveau, ai-je dit. Une parcelle qu'on peut entraîner jusqu'à devenir un croyant forcené et commencer à ressentir un Sens et à faire des prières…"

J'avais l'impression d'être Wera. Libre et irrespectueuse. Légère… Mon sac à dos était sur la banquette, Bertil avait posé ses pieds dessus.

"Non, ce n'est pas tout à fait ça, a-t-il dit. Mais je crois que l'humanité ferait un bond spirituel en avant si nous nous mettions d'accord pour éliminer de nos langues le mot Dieu et tous ses synonymes. Parce qu'alors, rien ne nous serait donné gratuitement et nous serions obligés de gérer notre soif de spiritualité nous-mêmes. Personne ne pourrait nous imposer ses solutions ou nous pousser à faire des choses injustifiables."

Il bâillait. J'ai enlevé le tablier et me suis assise à côté de lui. Il a pris ma main et l'a portée à ses lèvres. Je suis restée sans bouger.

La Béatitude a subitement et de façon totalement inattendue été à la hauteur de son nom.

33

Wera

Je ne sais pas trop quoi penser du deuxième prêche d'Annette, celui qu'on avait attendu plus longtemps que prévu. J'avais compté sur un numéro d'envergure qui l'emporterait même sur sa première prestation, et j'avais préparé le magnétophone, salivant d'avance.

Mais c'est une tout autre Annette qui s'est présentée sur le podium. Elle avait gardé le tablier avec les tournesols. Et son maintien avachi avait disparu – elle se tenait devant nous droite comme un piquet et un grand sourire aux lèvres!

"Je vais vous parler du lait!" a-t-elle dit.

Du lait? Tout le monde a échangé des regards perplexes.

"Savez-vous pourquoi les chiennes font parfois des grossesses nerveuses et ont les mamelles remplies de lait? Avez-vous déjà vu une chienne dans son panier en train de lécher tendrement un jouet en plastique comme si c'était son chiot?"

Personne n'a répondu. Apparemment, ce n'était pas quelque chose qui nous avait spécialement tracassés. Cela dit, Annette avait travaillé comme bénévole dans un club canin. Ça allait déboucher sur quoi, son truc?

"Eh bien, les chiens sont des animaux de meute. Si une chienne qui vient de mettre bas meurt, n'importe quelle autre chienne du groupe doit pouvoir prendre le relais et fournir du lait à sa portée."

Elle s'est abandonnée à ses pensées. On ne comprenait toujours rien, elle l'a vu et a souri.

"J'ai fait une grossesse nerveuse pendant toute ma vie adulte, a-t-elle dit. Je n'ai pas eu d'enfants, mais j'ai pris soin de tout ce qui s'est présenté sur mon chemin. Adrian et les clients de l'hôtel, et des chiens, et des amis, et des connaissances. Et de vous ! Mon lait a suffi pour tous ceux qui en ont voulu. Et ça m'a toujours convenu. Jusqu'au jour où j'ai compris que ce n'était absolument pas apprécié à sa juste valeur. Ni en terme de reconnaissance, ni en terme d'argent. Vous savez tous combien gagnent les gens dans les métiers du lait – personnel soignant, aides à domicile, serveuses, femmes de ménage. Et à qui la faute ? J'ai commencé à y réfléchir de plus en plus au fil des ans.

Et pour finir, j'ai trouvé. C'est la faute du SEIGNEUR. Non, je n'ai pas l'intention de m'emporter contre ce charlot encore une fois, mais vous comprenez sûrement ce que je veux dire ? Les traditions religieuses millénaires qui stipulent que les hommes ont le droit de vie et de mort sur les femmes. Que le travail doit se faire gratuitement, et donc ne vaut rien aux yeux du monde. Ni dans les ménages (ici elle a lorgné vers Adrian, qui s'est tortillé sur sa chaise) ni dans la société. Tout le monde s'habitue à prendre les contributions des femmes pour évidentes, et bon marché avec ça, s'il vous plaît. Finalement nous le pensons nous-mêmes aussi, nous qui assumons toutes ces charges. Et une génération ou deux ne suffisent pas pour déraciner les dogmes du SEIGNEUR, même si le gouvernement nous a inventé un médiateur, zélé comme un castor, pour veiller à l'égalité entre hommes et femmes.

Parfois les messieurs nous font de petits hommages condescendants – tant que nous restons de bonnes mères sacrificielles ! Même le pape a laissé des économistes calculer combien vaut en argent comptant le travail non rémunéré des femmes dans le monde – pas pour nous *donner* tout cet argent, mais pour continuer à nous faire bosser gratis par pure fierté. Nous n'avons rien qui justifie notre existence si nous ne soignons pas, n'aimons pas, ne servons pas avec humilité et bonne volonté. Surtout nous qui n'avons pas d'enfants !"

Elle s'est tue et il m'a semblé qu'elle s'est affaissée un peu. Alors c'était bel et bien là que le bât blessait. Pas d'enfants ! Bon sang, comme tout ça me fatigue !

"J'ai commencé à haïr le SEIGNEUR, celui qui a diminué ma valeur humaine. Je ne veux plus le servir ni être à ses petits soins ! Et c'est vraiment bizarre – quand vous êtes venus ici à La Béatitude, j'ai commencé à réaliser que c'était presque devenu une obsession pour moi d'être dévouée et serviable à tout moment ! J'avais pensé faire mon premier prêche sur le pouvoir des déesses, c'est pour cela que je m'étais fait un costume, et je me réjouissais de ce moment, en réalité j'avais même démarré tout ce projet uniquement dans ce but. Mais lorsque je me suis couchée épuisée le premier soir après avoir fait le ménage dans vos chambres en vue de votre arrivée, après vous avoir accueillis tous, avoir fait les courses et préparé le repas du soir, rangé derrière vous et éteint les lumières – il y a eu comme un éclair de lucidité dans ma tête. J'étais donc encore *censée* servir des gens qui ne voyaient même pas mon travail, trois hommes – oui, toi aussi Adrian – et une femme – oui toi, Wera, absolument ! Et Madeleine qui avait besoin de tellement de consolation que je ne suffirais jamais. J'ai subitement été, comme on dit, totalement lessivée et c'est ce qui m'a donné cette force que j'ai mise dans mes mots lorsque je suis montée à l'assaut du SEIGNEUR ! Et je vais vous dire – ce soir-là, j'ai eu l'impression de l'ôter de mes épaules !"

Elle a regardé autour d'elle, son sourire est revenu et elle s'est tenue le dos droit à nouveau.

"Mais ensuite… quand je vous ai vus si maladroits à essayer de vous débrouiller et de contenter vos estomacs avec l'éternel fromage à tartiner en tube d'Adrian – ça m'a démangé d'intervenir ! De revenir sur scène, de tout arranger, de vous rassasier, vous combler et vous rendre redevables envers moi. Vous étiez peut-être en manque de mes petites attentions ?

Je voulais redevenir une chienne dans la meute ! Cette certitude s'est abattue sur moi au milieu de la nuit, je me suis redressée dans le lit et j'ai fait rouler Adrian sur l'autre bord où il s'est mis à gémir comme un chiot !"

Bon enfant, elle a souri à Adrian qui avait l'air légèrement mal à l'aise.

"Pourquoi serait-ce mal de travailler pour le bien d'autrui ? De gâter les gens et les voir apprécier mes efforts, de les chouchouter et leur faire de petites surprises ? Les chiennes ont leur récompense dans l'amour des chiots quand elles leur donnent le lait… le lait de… aidez-moi là, il existe une expression en anglais, je crois ?

— *The milk of human kindness*, a murmuré Bertil. Shakespeare. Le lait de la bonté humaine.

— C'est ça ! Ce qui cloche, ce n'est pas que les femmes soient généreuses avec ce lait, mais que le SEIGNEUR ait fait croire aux hommes qu'il n'y a qu'à se servir ! Qu'ils y ont droit, sans avoir à faire preuve de la même sollicitude… les femmes, servantes des hommes… Mais dans le meilleur des mondes, les hommes aussi peuvent… allaiter…"

Aïe, aïe, aïe, là ça se corse, Annette ! Tiens bien les rênes des métaphores !

"Dites que vous comprenez ! Être au service les uns des autres, hommes et femmes ! Et alors je ne veux pas dire que c'est à l'un de s'occuper de la maison tout au long de l'année et à l'autre d'installer les pneus neige une fois par an ! (Nouveau regard acéré en direction d'Adrian.) Pour que les hommes aussi puissent avoir une part de l'amour que reçoivent les chiennes ! Ça leur ferait tellement de bien, à tous ces hommes grognons et bourrus qui s'apitoient sur leur sort quand une femme les quitte, quand ils ne sont plus le patron à leur boulot, quand ils s'ennuient dans leur solitude et qu'ils n'ont même pas un ami avec qui partager leurs ruminations…

— Dis donc, Annette, me suis-je entendu dire, c'est un prêche ou un discours électoral féministe ?"

Annette m'a gratifiée d'un regard glacé.

"Hier, a-t-elle dit, j'ai lu quelque chose d'assez terrifiant. Les familles des soldats américains en Irak reçoivent gratuitement de l'État un *flat daddy*. C'est une photo grandeur nature du père soldat absent, collée sur du carton. Il est pliable aux articulations pour qu'on puisse l'emporter dans la voiture, à l'église et aux pique-niques. À la maison, il peut être installé sur le canapé à côté de femme et enfants et regarder la télé. Tout ça pour qu'ils n'oublient pas qu'il existe ! Mais évidemment, il n'a pas tellement son mot à dire !"

Elle a regardé autour d'elle avec autorité.

"Ce que je veux dire, c'est que si les hommes ne reviennent pas de la guerre, s'ils ne comprennent pas la valeur de ce qu'ils ont à la maison, nous nous contenterons peut-être de *flat daddies* ! Nous les femmes, nous avons solidairement mis un pied hors de nos foyers pour nous charger des fardeaux de nos hommes, mais eux n'ont pas encore porté les nôtres, alors qu'ils s'en trouveraient bien plus heureux ! Et ne serait-ce pas suffisant, ça, vouloir rendre le monde meilleur pour la moitié de l'humanité, pour ne pas dire toute l'humanité ? J'avais mis en route un kit de déesse, Wera, avec la théologie qui allait avec. Ça fait des années que je le fignole. Mais tout à coup, ça m'a paru totalement inutile de faire ce détour-là."

Puis elle a souri encore.

"Ces derniers jours ont été un régal, parce que j'ai eu une aide dans la cuisine. Un jeune homme qui mène une quête véritable, un esprit novateur, un réformateur. Karim a préparé le pain pour demain matin ! Et cela aussi peut être un service d'autel, un acte de culte !"

On a tous regardé Karim qui a rosi de plaisir.

Le sourire d'Annette s'est transformé en rire heureux.

34

Madeleine

Après nos petits-déjeuners frugaux des derniers jours, ce fut merveilleux ce matin d'être accueillis par une Annette ensoleillée qui avait mis une nappe fleurie sur la table et allumé une bougie devant chaque assiette. Le vieux banc sous la plus grande fenêtre de la cuisine avait aussi été recouvert d'une nappe sur laquelle étaient disposés le pain frais et odorant de Karim, de petits fromages appétissants, des légumes, des fruits et une omelette dorée. Nous avons tous été agréablement surpris, et Annette a expliqué encore une fois en riant qu'elle se sentait tellement libérée qu'à partir de maintenant elle pouvait s'offrir de snober le SEIGNEUR et être elle-même.

"Faudrait tuyauter Adrian, a marmonné Wera. Ça lui ferait du bien de s'extraire de sa robe de temps en temps !" Annette lui a fait un clin d'œil.

Cette chose nouée que j'ai en moi a très nettement commencé à se dissoudre. Je m'en suis rendu compte pendant le forum de Karim, lorsque c'est remonté dans ma bouche comme une régurgitation. Après cela, je me suis effondrée sur mon lit, épuisée, et j'ai dormi plus longtemps que d'habitude. Pareil après le prêche de Bertil. J'ai reconnu certaines de ses vertus capitales en moi, surtout celle traitant de la colère retenue. En changeant les pansements sur mes épaules et en appliquant la pommade, je me suis pour la première fois demandé ce que je fabriquais au juste, et je me suis prise sur le fait en train de me regarder de profil dans la glace, avec le sac à dos, et j'ai ri. J'avais vraiment l'air ridicule !

J'ai donc fini par entrouvrir la porte et par laisser entrer un nuage, un petit cumulus brumeux qui a immédiatement filé vers le plafond pour s'y fixer. Et j'ai ressenti l'espoir timide qu'il pleuve…

Je me suis rendue au prêche de la Dame grise le lendemain dans un état d'esprit étrange. Il ne restait que quelques forums, ensuite chacun en aurait tenu deux, et après nous allions consacrer les derniers jours à *nos rituels et nos tribunaux*, formule mystérieuse d'Adrian sur le planning affiché dans la cuisine. J'étais prête pour le message singulier de la Dame grise, celui que je croyais saisir sans comprendre, et je me suis installée en silence dans le noir après avoir tâtonné dans le faible éclairage de la lune pour trouver une chaise dans le demi-cercle.

L'un après l'autre, ils sont arrivés et ont pris place. J'ai subitement senti que c'était merveilleux de me trouver là parmi eux tous. Après un moment de silence, la voix chaude et profonde de la Dame grise s'est élevée :

"Pour affronter la nuit vous devez bander vos
    pieds
Étirer, allonger, enduire

Car ce qui vous attend est tout ce
que les jours ne sont pas
On vous laisse rejoindre votre ego, le vrai
où la duperie ne sert à rien
Vous saurez quand vous êtes éperonnés
par votre double, ce frère qui vous unit à vous-même
Ne prenez aucune garde dans ce pas de deux

Consolez, scotchez et fiez-vous à votre cadence
Même une rétro-cadence bégayante est un trajet
de rythmes reliés entre eux
Suivez-la
Vous pouvez
la suivre tout au long de la nuit

Le but n'est pas de décrire des cercles autour de
    vous-même,
mais de faire une percée vers le centre
Sous les paupières le temps guette l'aube
bien au milieu entre le sol-rossignol et
le plafond-faucon

Ménagez-vous des pauses réservées aux questions
Elles ne vont pas vous abandonner
Mais il faut leur laisser le temps de trouver leur
    place
parmi tout ce qui n'exige pas de réponse
Mélangez points d'interrogation et points d'ex-
    clamation
Distinguer ce qui peut sembler question
de ce qui est déjà réponse depuis la naissance
prend du temps

Voilà la nuit de retour
Je n'ai rien à vous apprendre
Vous rêvez en ce lieu
de ce qu'on ressent quand on cherche
Ou quand on est recherché
Les mots sont une aide sur le chemin
À la Proue avec une majuscule
Comme on écrira Perdu, ou Trouvé ou Force
    Majeure"

Après, quand les autres se sont rassemblés pour une tasse de thé, elle s'est esquivée comme d'habitude sans se faire remarquer. Mais cette fois-ci, je n'avais pas l'intention de la laisser se sauver. Où allait-elle après les forums? Je lui ai rapidement emboîté le pas et je l'ai vue se diriger vers les portes de la terrasse au rez-de-chaussée.

Se peut-il qu'elle fume? me suis-je demandé avec une certaine consternation. Wera s'y rendait régulièrement et il arrivait aussi à Karim d'y aller pour fumer, un peu embarrassé. Il y avait une vieille boîte à café remplie de sable posée sur les planches disjointes de la terrasse, en guise de cendrier. Je l'ai suivie et j'ai jeté un coup d'œil par les portes vitrées. Dehors, le temps était humide et froid.

Elle m'a rendu mon regard en souriant gentiment, et m'a fait signe de venir la rejoindre. On aurait dit qu'elle tenait quelque chose dans le creux de sa main. Je me suis avancée vers elle.

Ses lèvres bougeaient et elle parlait tout bas.

Dans sa main se trouvait une toute petite grenouille, elle ne bougeait pas.

J'ai eu l'impression que la Dame grise disait : "C'est le moment de faire le tri parmi les mythes dans le coffre à jouets ! Regarde ça !"

Avec le recul, je ne suis pas vraiment certaine qu'elle l'ait dit, mais sur l'instant j'ai pris cela pour une bonne blague. Comment pouvions-nous chercher avec tant de désespoir parmi les mythes et les différentes croyances, les créer et les rejeter, et en même temps nous abstenir de voir l'évidence ?

Il m'a semblé comprendre exactement ce qu'elle voulait dire, de la façon dont on comprend les choses avec une totale évidence dans un rêve, des choses qui semblent inconcevables et illogiques au réveil.

Elle m'a tendu la petite grenouille, l'a doucement laissée sauter dans ma paume recourbée. Je me tenais immobile, osant à peine respirer.

Subitement je me suis retrouvée seule sur la terrasse, je ne l'avais pas entendue ouvrir la porte et rentrer. La grenouille a sauté sur la balustrade de bois pourrissant puis a disparu dans le noir. J'ai eu l'impression de sentir encore son petit poids frétillant et je suis restée un long moment sans bouger.

Oui, toutes nos questions sont mal formulées, ai-je pensé.

On n'est pas obligé de croire en la vie qu'on a.

35

Wera

Merde, merde, merde, comment est-ce possible ?

J'avais interrompu le forum de Bertil – Bertílian – (celui sur les vertus capitales, quel foutu hypocrite !) et c'était effectivement le gin qui s'exprimait là, en fait j'aurais bien aimé établir une relation avec lui ou au moins l'interviewer, mais quand j'ai quitté la salle – en titubant, c'est vrai – j'ai senti que ce n'était pas le moment idéal pour l'aborder sur un plan plus personnel. Le mieux que j'avais à faire était de monter dans ma chambre pour une petite séance d'adoration de Blor…

Le lendemain, ce n'était pas la forme olympique, si je puis dire, j'ai fait une longue promenade sur les sentiers forestiers trempés et spongieux autour de La Béatitude et ensuite ça a été l'heure du forum d'Annette. J'attendais beaucoup d'elle et elle ne m'a pas déçue : je me suis précipitée directement pour écrire l'article numéro six !

C'est pourquoi deux jours s'étaient écoulés avant que Bertil me donne la Réponse. Je me souviens que j'essayais de discipliner les coins de ma bouche lorsque, l'air tout sérieux, il s'est assis devant moi pour parler du "résultat des prélèvements". Le résultat qui expliquerait pourquoi mes ganglions étaient un peu gonflés. Qu'allait-il me sortir?

Mais lorsqu'il m'a tendu l'enveloppe à fenêtre contenant le rapport du laboratoire et expliqué ce que cela signifiait, je n'ai plus eu le moindre problème pour garder mon sérieux. Je crois même que j'ai serré les mains contre mes joues pour empêcher mon menton de se détacher de ma figure.

Il semblerait qu'il ne me reste que six mois à vivre. Que petite maman avec tous ses maux plus ou moins imaginaires pourrait même me survivre, si ça se trouve! Moi, Wera, qui fais mes séances de vélo d'entraînement avec un pouls digne d'un athlète d'élite et ce depuis des années.

La voix sérieuse, basse et paternelle de Bertil m'a annoncé que la boule n'était pas un ganglion. Elle était maligne, quelque chose avec épithélium stratifié et Dieu sait quoi encore (ai-je dit Dieu?), j'ai cessé d'écouter à peu près à ce moment-là. C'était comme si quelqu'un m'avait mis des boules Quiès et m'avait enfermée dans une bulle en plastique. Bertil a dû me raccompagner au Castor. Mes genoux tremblaient et j'ai été obligée de m'allonger pour essayer de reprendre le contrôle de ma respiration.

Madeleine est venue. Je ne lui ai rien dit, j'ai juste prétendu que je me sentais barbouillée, quelque chose que j'avais mangé, sans doute, c'était à peu près crédible. Mais elle m'a demandé si j'avais parlé avec Bertil, et ensuite elle a pris un air pensif, comme si elle était au courant de quelque chose. Merde, j'y crois pas, il n'a quand même pas claironné ma situation à toute la population? Ça m'a mise dans tous mes états et je l'ai tellement rabrouée qu'elle a fini par partir. Ensuite je suis restée éveillée toute la nuit à écrire des choses dans ma tête. Mon testament et mon Grand Roman et des lettres émouvantes à mes amis. Et une lettre d'injures cinglante à mon chef et une autre pleine de griefs à ma mère. J'ai pensé à mes cellules malades qui se multipliaient comme des folles et je me suis sentie comme une termitière vivante. Pas comme si je me trouvais dedans, non, comme si j'étais la termitière – remplie de cellules cancéreuses blanches et grouillantes, ou de vers qui n'allaient pas tarder à se goinfrer.

Je peux sans hésitation affirmer que ça a été la pire nuit de ma vie. Surtout sachant qu'elle n'était que le début de quelque chose de bien pire encore.

36

Madeleine

Est-ce que Bertil a vraiment commis la bêtise impardonnable de donner un de ses faux diagnostics à Wera? Et pourquoi, dans ce cas? Je ne l'ai pas perçu comme assoiffé de vengeance, il n'a tout de même pas voulu lui rendre la monnaie de sa pièce pour sa petite sortie après le forum? Il avait pourtant paru prendre ça avec beaucoup de philosophie.

Ou bien lui a-t-il communiqué un pronostic pessimiste, mais authentique? Je me rends compte que j'ai presque commencé à m'attacher à Wera, bien que dans le fond elle représente pratiquement tout ce que je déteste. Son jargon moqueur et son attitude de donneuse de leçons, bon, elle ne dit pas grand-chose directement, mais après des années de persécution au travail, mes récepteurs sont réglés au plus fin. Serait-ce là-dessus qu'il a voulu l'atteindre, la démonter pour ensuite la reconstruire? Il n'a pas le droit de faire ça!

J'ai essayé de parler avec elle, j'ai bien vu qu'il s'était passé quelque chose pendant leur conversation après le déjeuner. Bertil avait l'air si sérieux et Wera secouait sans cesse la tête en clignant des yeux, comme si elle voulait se débarrasser de visions aussi importunes qu'invraisemblables. Mais elle n'a pas voulu parler, elle m'a carrément envoyée promener en prétendant avoir mangé quelque chose qui ne passait pas, puis elle a enfoui sa tête dans l'oreiller.

Que faire ? J'ai remarqué que je n'arrêtais pas de me tordre les mains, comme dans un mélodrame. Bertil était parti pour la journée, il avait pris sa voiture pour aller en ville. Adrian et Annette semblaient plongés dans une dispute carabinée, à moins que ce ne fût un acte d'amour ; des voix agitées s'élevaient du Glouton, la chambre qu'ils partageaient. Je ne pouvais pas approcher Karim, j'étais encore dans mes petits souliers après mon comportement pendant son forum. J'ai réfléchi un petit moment, et je suis allée frapper à la porte de la Dame grise. Sa chambre aurait pu s'appeler l'Élan ou l'Ours, par exemple, mais il n'en était rien. Au-dessus de sa porte à l'endroit où les autres chambres ont des plaques, il y avait un emplacement vide. J'ai sursauté en entendant son "Entrez !", puis j'ai ouvert et je suis entrée.

Elle était assise devant la fenêtre en train de regarder la forêt détrempée et une colline boisée et bleuâtre à l'horizon. Elle s'est retournée. L'oblique soleil d'après-midi entrait par la fenêtre et plongeait son visage dans l'ombre tout en faisant scintiller comme une auréole ses cheveux grisonnants et vaporeux.

Je n'ai pas su par où commencer. Je ne pouvais pas trahir le secret des faux diagnostics de Bertil, et je ne savais pas si c'était réellement cela, la cause du désespoir de Wera. Nous n'avons rien trouvé à dire, ni l'une ni l'autre, mais le silence n'était pas inconfortable. Pour finir, j'ai eu une inspiration et je lui ai demandé : "Que faut-il faire pour arriver à comprendre sa vie?"

Elle est restée silencieuse un long moment. La lumière du soleil a presque eu le temps de se transformer en crépuscule et comme toujours, je ne la voyais que comme une silhouette. Au bout d'un moment, elle a répondu, lentement, sur un ton calme et ordinaire :

"Nos histoires commenceront toujours
quelque part dans un lieu d'attente
Ce lieu – un souhait de saisir
les particules fuyantes de la colonne vertébrale
Celles qui, unies, deviennent la seule possibilité
de donner naissance au récit
De discerner et de séparer
ce qui jamais ne doit être rendu visible
de ce qui par nécessité le doit

Impossible de se tromper sur ce lieu
Tels des soldats du feu en sueur, nous cherchons à l'aveuglette
une occasion d'enfin assembler cette chose inexprimée
Des soldats en sueur parmi ce qui jamais
n'est visible à l'œil nu
Qui jamais n'atteint le seuil de la perception
— ce n'est qu'avec la foi en l'immédiateté
que nous pouvons le capter

Puis nous le reconnaissons :
à son refus absolu de desserrer sa prise
autour de ce qui en réalité est à nous
et à sa confiance parfois écrasante en sa propre
force

Ici commencent presque toutes nos histoires
Celles qui ont réussi à se mettre à l'abri
comme celles qui ploient encore sous le désir
de se joindre aux autres, mais
n'ont pas encore reçu l'autorisation de partir
Qui attendent en silence de repérer
le drapeau blanc"

Nous avons observé encore un instant de silence.
Puis je me suis levée et j'ai quitté la pièce, j'ai
refermé la porte derrière moi et je suis allée voir
Wera dans sa chambre. Mais elle était hors d'atteinte. Par terre il y avait une bouteille vide et elle
a hurlé "DEHORS!" lorsque j'ai ouvert sa porte.

37

Wera

Pourquoi ne me suis-je pas tout de suite barrée de leur Béatitude pourrie pour aller consulter un autre médecin, un qui n'était pas un *has been* dégommé reconverti en expert boursier? Je ne le saurai jamais, mais toujours est-il que tout me semblait égal après avoir éclusé quelques bonnes rasades de Bombay Sapphire en essayant de me convaincre qu'il voulait simplement me briser parce que je m'étais mêlée de ses délires sur les vertus capitales. Il avait dit que je pouvais attendre d'être de retour chez moi pour voir un autre médecin, et si j'accordais foi à tout le reste, je pouvais tout aussi bien accorder foi à son diagnostic. Je me suis endormie la bouteille à la main et en me réveillant, je n'avais pas la moindre idée de l'heure. D'un pas incertain, j'ai rejoint la salle commune où les autres, qui venaient tout juste de sortir du forum de la petite Grise, étaient en train de prendre le thé, merde, j'avais tout loupé!

Tous m'ont regardée et leurs petits sourires indulgents m'ont fait sortir de mes gonds. La Grise semble avoir cet effet-là sur les gens – sur moi aussi! C'est sans doute pour ça que j'ai disjoncté complè-tement. J'ai agité la bouteille que pour une raison obscure j'avais emportée et j'ai braillé : "Un peu de vin de messe, quelqu'un ?"

Puis je me suis lâchée, malgré quelques difficultés avec les consonnes. Elles dérapaient sans cesse dans ma bouche et faisaient de petites acrobaties inopinées par moments. Malheureusement je me rappelle chacune de mes paroles et aucune n'aurait sa place dans *Circulaire*…

"Hé les gars, j'ai pensé à un truc aujourd'hui ! Les chrétiens et les musulmans et les juifs, ils n'arrêtent pas de rabâcher qu'il n'y a qu'UN dieu. Mais j'les ai comptés, ils sont au moins *deux* !

D'abord il y a Le Dieu Unique numéro un – cette couille molle qui vient prendre le café dans la salle polyvalente de l'église après le culte et qui veut du bien à tout le monde, comme dans le sermon sur la Montagne. Un maître divin qui essaie de nous apprendre assis et au pied et à pas nous battre avec les autres clebs. Et nous, on s'amène en remuant la queue quand on croit qu'il siffle et on est fidèle et on espère avoir un gros nonosse une fois là-haut… Il nous aime, il est doux et bon et il nous pardonne encore et toujours, il suffit de lui demander. Mais c'est pas très clair pourquoi on lui doit des excuses, au juste – si maintenant il nous a créés, il avait qu'à nous faire un peu plus à son goût, pour pas qu'on ait à lui demander pardon tout le temps, non ?

Mais il y a aussi un autre Dieu.

Ma grand-mère disait toujours que pour aller au paradis, il fallait être « pieux » et « craindre Dieu ». Quand j'étais petite, j'y comprenais rien, je savais ce qu'était un pieu, il y en avait plein dans le jardin, et je savais que le paradis était un grand jardin où il ne fallait surtout pas voler des pommes. Quand j'ai compris que « craindre » veut dire « avoir peur de », j'ai encore moins compris. Si Dieu était dangereux, le plus sage serait de garder ses distances, comme par exemple refuser de croire en lui, non?

Je le pense toujours. Parce que ce Dieu Unique numéro deux est un type vraiment odieux. Ce type-là veut être le souverain absolu et il exige une obéissance aveugle et il veut la maîtrise totale de son peuple, sinon ça va barder dur. Il voit tout et il punit tout, comme une Police secrète divine.

Le numéro deux a l'air de trouver tout à fait normal de rafler votre espace vital. Gustave II Adolphe, à l'époque, il massacrait un tas de gens et mettait la main sur la moitié de l'Europe du Nord en chantant *C'est un rempart que notre Dieu*! Des colons sionistes grignotent la Palestine petit à petit en son nom sacré et… eh bien toi, Karim, ne te cache pas derrière Annette, tu sais très bien que Mahomet avait à peine eu le temps de refroidir que ses boys étaient partis dans toutes les directions pour s'emparer de tous les pays voisins!

Et autre chose : le Dieu Unique numéro deux semble apprécier qu'on meure pour lui de diverses manières particulièrement sanglantes. Qu'on se fasse arracher les yeux, manger par des lions, massacrer sur des champs de bataille, qu'on se fasse sauter sur des mines! Alors on devient saint et martyr! Sans parler de ce qu'il a fait à son fils unique! Est-ce qu'il nous a créés pour qu'on s'entretue, est-ce qu'il n'est qu'un sadique pur-sang?"

Je les ai lorgnés un moment en respirant lourdement par le nez.

"Mais il vaut sans doute mieux ne pas se mouiller et plutôt parier sur un match nul entre les deux, adorer aussi bien le Un que le Deux quand il y a crise… et c'est exactement ce que je vis en ce moment…"

Puis je me suis enlacée moi-même et j'ai commencé à danser et chanter :

"Lui, il est mon doudou di-i-i-vin !
Il est mon dieu, mon seigneueueur !
Il sait tout, il voit tout si seu-eu-eu-lement
j'accepte qu'il soit le commandeueueur !"

C'est là quelque part que j'ai fait un faux pas et que je me suis vautrée en beauté. Je me suis fait mal au tibia, et j'ai ressenti une énorme compassion pour moi-même.

"De toute façon, ni le Un ni le Deux ne valent grand-chose comme planche de salut quand le sol se dérobe sous vos pieds… ai-je bredouillé. Et sérieusement, toutes les conneries que vous avez débitées ne servent à rien ! Merde, comment voulez-vous que je fusionne pour devenir une sorte de chrétienne-musulmane, alors que je ne donne pas un kopeck ni pour l'une, ni pour l'autre de ces religions. Je préférerais me promener nue sur la place publique que de devenir *Earth Mother* comme toi, Annette ! Je n'ai certainement pas l'intention d'enfiler la robe d'Adrian en laine brute qui gratte, et, ma petite Madeleine, se faire taillader avec un couteau, c'est peut-être vendable à des ados à la dérive, mais avec moi, ça ne prend pas, si je puis dire !"

Ensuite j'ai essayé de fixer mes yeux sur Bertil. Il était flou, il avait une double ombre comme sur une image télé mal réglée.

"Et toi ! Toi, espèce de foutu… de foutu… Tout cet amour pour ce qui *existe* dans le monde physique ! Je suppose que tu veux dire les fleurs et le soleil et les petits lapins tout doux ! Mais pour les *voir*, ça suppose qu'on CONTINUE DE VIVRE !"

Bertil s'est levé à moitié, il m'a semblé qu'il se dirigeait vers moi, avec Madeleine. J'ai battu en retraite.

"Non, la seule ici qui dit des choses auxquelles je peux adhérer, c'est toi, tante Grise ! Parce que je n'ai pas compris un seul mot de ce que tu as dit et c'est déjà ça…"

Je ne retenais plus mes sanglots à ce stade et j'ai fait quelques grandes enjambées vers la porte. Bertil – Bertílian – a tendu le bras pour me retenir ou me soutenir, mais je lui ai filé un coup de coude sur l'oreille, puis j'ai quitté la pièce d'un pas mal assuré.

38

Madeleine

Bertil a essayé de suivre Wera, mais j'ai glissé ma main sous son bras et l'ai entraîné avec moi. Nous nous sommes installés devant le feu mourant dans la pièce commune. Bertil a ajouté quelques bûches et j'ai remarqué qu'il avait l'air tourmenté.

Il avait autre chose en tête que le simple esclandre de Wera ; chaque fois qu'il se penchait en avant, il faisait une grimace de douleur.

"Bertil, qu'est-ce que tu as ? Ce sont tes muscles qui te font mal encore ?" ai-je demandé, mais il n'a pas répondu.

J'ai insisté.

"J'ai besoin de savoir si tu as donné une fausse réponse à Wera. C'est vrai qu'elle est fatigante avec ses critiques et ses attaques contre tout et tout le monde, mais je ne l'ai jamais vue telle qu'elle était ce soir. Et je trouve malgré tout qu'elle ne mérite pas tout ce désespoir. Alors je veux que tu me dises ce qu'il en est, Bertil !"

Il a gardé le silence un moment en farfouillant dans le feu avec une des brochettes noircies des scouts.

"Je t'ai raconté comment mes faux diagnostics ont sorti certaines personnes de leur mépris et de leur insatisfaction de la vie, a-t-il fini par dire. J'ai trouvé que Wera allait fortement dans ce sens, et *oui*, je lui ai donné un faux diagnostic ! Mais en réalité c'était sans doute plus une vengeance lâche et aigrie contre sa jeunesse et sa santé. Parce que je viens de faire l'expérience de l'ironie divine – s'il y a des dieux perchés là-haut, ils doivent s'amuser follement à mes dépens en ce moment. Il se trouve que moi aussi j'ai reçu un faux diagnostic il y a quelques mois. Disant que j'étais en bonne santé.

— Et… ce n'est pas le cas ?

— J'ai un cancer du pancréas à un stade avancé. Il y avait eu une confusion de prélèvements et maintenant il est trop tard pour intervenir. Dans trois mois, je serai sous perf avec des douleurs insupportables."

J'ai pris sa main. J'allais donc le perdre, lui aussi.

"Madeleine, je pense que tu sais que j'aurais bien aimé… Bon, quoi qu'il en soit, je n'ai pas peur de mourir. C'est une chose dont j'ai discuté avec moi-même pendant de nombreuses nuits et je l'ai peut-être eue à l'usure, cette peur de la mort propre aux êtres humains."

Il s'est tu de nouveau et a joué avec les bûches. De la cuisine nous sont parvenus des rires et des bruits de vaisselle.

"Comme je le vois, chaque personne est un kaléidoscope de morceaux de verre colorés, a-t-il repris. Nous formons un dessin et quand nous mourons, le kaléidoscope tourne légèrement et un nouveau dessin apparaît. Il n'y a aucun regret à avoir pour ça.

Ceux qui ont des enfants le vivent de façon très concrète, ils reconnaissent leurs morceaux de verre dans les traits de leurs enfants. Mais nous qui n'en avons pas, nous faisons également partie de l'immense pool génétique de l'humanité. Oui, tu peux sourire, Madeleine, ça ne fait rien ! Je suis un irrémédiable homme de sciences et j'imagine que c'est notre ADN qui forme les petits bouts de verre. Leur nombre est limité, et pourtant chaque constellation est unique.

— C'est une belle image, Bertil. Mais je voudrais quand même annoncer à Wera qu'elle est en bonne santé."

Il a hoché la tête. Pendant un moment, nous avons fixé les flammes en silence. Puis il a tendu la main et tourné mon visage vers le sien, m'a forcée à lever les yeux et le regarder.

"Mais il y a encore des choses à dire, Madeleine. Il y a quelque chose que tu n'as pas raconté. Quelque chose au sujet de ton sac à dos."

C'est soudain devenu si simple. C'était un homme qui allait bientôt mourir et on ne garde pas de secrets envers quelqu'un comme lui. J'ai posé mon sac par terre, je l'ai ouvert et lui ai montré son contenu. Puis je lui ai raconté. Il n'a rien dit pendant un long moment.

"Qu'est-ce que tu veux faire ? a-t-il dit ensuite. Tu sais évidemment que tu ne peux pas passer aux aveux, au sens de la loi, n'est-ce pas ? Ça ne sert à rien d'aller à la police raconter ce qui s'est passé. Personne ne peut être condamné uniquement sur ses propres accusations et les preuves ont disparu depuis longtemps. Tu ne peux pas espérer de notre société qu'elle te procure un châtiment, pour soulager ta culpabilité et t'enlever ton sac à dos.

— Je sais. J'ai déjà essayé. Ils ont fait venir un psychiatre qui a expliqué que mes aveux étaient dus à une confusion mentale causée par la dépression qui avait suivi la mort de mon mari, et la fausse couche. C'est vrai que toute ma vie, j'ai été une personne presque trop respectueuse de la loi et trop insérée socialement. La procureur a fait savoir qu'elle n'avait pas assez de preuves pour une mise en examen et que d'ailleurs cela ne les intéressait pas le moins du monde. C'était une drôle de sensation. J'aurais pu tambouriner sur la porte de la prison jusqu'à en avoir les poings en sang, ils ne m'auraient pas fait entrer pour autant. Mais c'est vrai qu'un châtiment infligé par la loi n'a rien à voir avec mes sentiments, ni avec mon sac à dos.

— Non", a dit Bertil.

Il a entouré mes épaules de son bras. La chaleur a traversé le tissu de ma robe noire. Nous sommes restés ainsi un moment, chacun plongé dans ses pensées.

"Pourquoi es-tu ici, Bertil ? Ici à La Béatitude précisément, s'il te reste si peu de temps ?

— Parce que j'ai compris, en voyant la petite annonce d'Annette avec les numéros de téléphone, que c'était ici que je trouverais des hommes et des femmes qui cherchent sincèrement une foi. Ni des experts, versés dans les Écritures, ni des marchands de styles de vie ou des gourous charismatiques professionnels. De simples chercheurs. Et c'est bien ce que j'ai trouvé. Mais j'admets qu'Adrian a un peu trop de charisme…

Et puis je t'ai trouvée, toi, a-t-il ajouté. Est-ce que tu me permets de dormir chez toi cette nuit ? La béatitude n'a pas besoin d'être éternelle pour être de la… béatitude."

Nous sommes montés, enlacés, à notre couloir spartiate. J'ai frappé à la porte de Wera. Personne n'a répondu, mais j'ai entrouvert et jeté un œil. Elle était assise devant un ordinateur en train d'écrire à une vitesse vertigineuse, tout en essuyant de temps en temps les larmes et la morve avec la manche de son pull. Elle ne s'est pas retournée, m'a simplement fait un signe agacé de fermer la porte. Je lui parlerai demain.

Mais je ne peux raconter cette nuit à personne. C'est impossible. Je l'ai mise dans mon écrin de trésors et parfois je regrette que les enfants que je n'aurai jamais n'en trouvent pas le récit, après ma mort. Elle va mourir avec moi, mais j'aime à penser qu'elle continuera à vivre, quelque part dans le flot blasé d'instants oubliés que charrie le temps.

39

Wera

D'accord. D'accord. Bertílian m'a prise pour cible du pire foutu canular du monde. Madeleine m'a expliqué en essayant d'édulcorer la vérité de son mieux, ça se sentait à dix mille lieues qu'il était son nouveau dieu lare, il allait peut-être même pouvoir entrer en compétition avec le sac à dos pour ses faveurs.

Mais tout le respect que j'avais eu pour son style doux et discret est passé à la trappe et j'ai eu des envies de meurtre ! En même temps, j'ai évidemment été soulagée qu'on m'ait rendu la vie. J'en ai soudain eu ma claque, et j'ai senti que je n'avais pas la force de rester un jour de plus dans leur Béatitude. L'heure était venue de lever le camp, même si la série de *Circulaire* s'en trouverait un peu amputée de la queue.

Mais j'ai voulu d'abord préparer une sorte de baluchon. Le fiasco de ma faune divine librement composée ne devait pas rester ma seule contribution à La Béatitude. Sans parler de ma dernière performance…

Je voulais lever un miroir devant eux, ou leur démontrer qu'ils avaient tenu les jumelles à l'envers dans leur empressement de guetter les cieux.

"Je vais les retourner comme un gant, eux et leurs mythes ! me suis-je dit. Aussi systématiquement que Bertílian avec ses putain de vertus capitales ! Voyons voir…"

J'ai réfléchi un moment, puis je suis descendue à la cuisine. Adrian y officiait vêtu de sa robe et nous traitait avec tant de bienveillante condescendance que même Annette s'est sentie provoquée et lui a rudement ordonné de sortir la poubelle, et d'ailleurs il pourrait aussi passer sa robe de moine à la machine, elle commençait à sentir pas terrible. Je me suis plantée au milieu de la pièce et me suis raclé la gorge.

"Eh bien, mes brebis, voici le berger du jour ! me suis-je joyeusement exclamée. J'ai de la chance, c'est mon tour aujourd'hui ! Et vous avez de la chance aussi, parce que j'ai l'intention de touiller un bon coup dans la marmite des dieux ! Allez hop, tous au temple !"

Ils se sont regardés. Adrian a fait mine de vouloir dire quelque chose, mais a changé d'avis, il a affiché un petit sourire doux et a pris la tête de la marche vers la salle de réunion. Dès que l'habituel demi-cercle a été formé, je me suis lancée. J'ai tenté un truc à la Adrian en m'écriant subitement :

"Nous voici assemblés, une bande de chercheurs de sens, et jamais on ne pose la question fondamentale, celle qu'on devrait commencer par poser : *Qu'est-ce qui nous pousse à chercher tout court ?* Qu'est-ce que nous espérons trouver ? Quelle sorte de quête menons-nous ?"

Je les ai regardés, avec sévérité. Pour autant que je sache, le besoin d'un dieu peut bien être niché dans l'épiphyse, mais ils n'allaient pas s'en tirer à si bon compte. J'ai baissé ma voix en un chuchotement.

"On est sept ici à La Béatitude, tous en quête de quelque chose et tous différents. Sept variétés, comme les petits gâteaux pour le café* !"

Je n'ai pas pu m'empêcher de pouffer en voyant leurs mines.

"Toi, Karim ! ai-je balancé en lui pointant l'index à la figure, et il a cillé nerveusement. Tu aurais pu être le plus ordinaire de tous ceux qui se disent religieux : le croyant routinier, celui qui ne pense pas du tout et se contente de croire comme on le lui a appris. Chrétien par habitude, musulman par habitude, hindou par habitude ! Celui qui accomplit les rites, obéit aux commandements ou rougit parce qu'il ne le fait pas, sans jamais se demander d'où ils sortent. Ce genre de personnes, je ne les compte même pas parmi les croyants, à moins de considérer le brossage de dents comme un acte religieux, c'est du même niveau ! C'est une habitude, c'est tout !"

Karim a fait de grands gestes indignés et a amorcé un mouvement pour se lever, mais j'ai agité les bras dans sa direction.

"Non, reste assis, bon sang ! Tu ne fais pas partie d'eux, aucun croyant routinier ne serait venu dans cet endroit de branques. Toi, tu es – écoute bien maintenant – tu es LE CHIEN ! Comme tous

* Un concept devenu tradition en Suède, développé au cours du XIXᵉ siècle parmi les femmes qui voulaient impressionner leurs invités.

les humains et tous les chiens, tu es un animal de meute – mais comme tu as perdu la tienne, et que tu n'as pas vraiment été admis dans une autre, c'est une meute que tu cherches. Un animal qui cherche un nouveau maître, une hiérarchie et quelques gestes en commun avec les autres du groupe. Le christianisme et l'islam te fournissent tout ça, et si en plus tu arrives à concilier les deux, tu te retrouveras avec une bonne grosse meute vraiment chouette pour t'épanouir."

J'ai pivoté de quelques degrés et pointé mon doigt sur Annette qui m'a lorgnée en retour avec un calme olympien.

"Toi, Annette, tu es L'ENFANT ! Oui bien sûr, tu dis que tu veux être la Grande Mère – mais c'est surtout pour être aimée, n'est-ce pas ? Et il n'y a rien à y redire, pourrait-on penser, tout le monde a envie d'être aimé sans réserve, comme des enfants. Cet amour inconditionnel entre parent et enfant, la force motrice la plus puissante de la terre, peu importe qui tu es, l'enfant ou le parent, on s'en fout, tout le monde a été enfant et la plupart deviennent parents tout en voulant rester enfants ! Et lorsque les parents sont morts, Dieu peut intervenir comme beau-père ou belle-mère ! C'est pour ça que les gens sont de plus en plus bigots avec l'âge, plus ils s'éloignent de leurs propres parents !

Et Annette, je pense qu'on doit pouvoir te caser dans une autre catégorie aussi ! Tes shows et tes petits-déjeuners sont racés, tu es une ARTISTE ! Et les artistes se sont toujours sentis à l'aise dans le sillage des religions, c'est là qu'ils ont sévi et se sont exprimés pendant des siècles ! Ce sont ces canailles d'artistes qui rendent les religions attirantes, vous êtes les idiots utiles des prêtres ! Les gens modestes qui entrent pour la première fois dans un temple somptueusement décoré se mettent à croire sur-le-champ ! Imaginez la réaction du paysan sorti de sa hutte en terre quand il voit les vitraux et les piliers, ou les bouddhas en or !"

Annette aimait ça, que je la qualifie d'artiste, je m'en suis rendu compte. Elle essayait de ne pas sourire, de plutôt plisser le front et prendre un air offensé, mais sans vraiment y arriver. Je me suis tournée vers Madeleine qui était serrée tout contre Bertílian et tenait ses mains dans les siennes. Ils avaient cessé leurs cachotteries.

"Madeleine, tu es LA PÉNITENTE ! J'ignore ce que tu trimballes dans ton sac à dos, mais on comprend tous que tu dois avoir un terrible crime derrière toi, pour lequel tu veux faire pénitence ou chercher grâce. Je ne peux pas imaginer ce que tu aurais commis de pire que de détruire par mégarde un dossier, mais tout laisse croire que ça se situe en haut de l'échelle des châtiments. Ça semble être quelque chose que toi-même tu trouves tellement affreux que ça t'a bouffée de l'intérieur et que le pardon des gens ordinaires ne suffit pas. Tu veux être pardonnée par un dieu, même si tu dois l'inventer toi-même !"

Ensuite je me suis adressée à Adrian. Il s'est presque mis debout et a semblé s'arc-bouter pour accuser le coup à venir.

"Je ne sais pas si tu es un croyant sincère, Adrian, ou bien si, comme tant de prêtres et prélats au fil des siècles, tu cherches uniquement le pouvoir et les avantages de la religion! En fait, ceux-là ne comptent pas non plus comme croyants. S'ils avaient réellement cru en leur Dieu, ils auraient dû craindre sa vengeance quand ils faisaient main basse sur les biens terrestres, non? D'accord Adrian, bien sûr qu'on doit remettre sur les rails un monde devenu fou, mais pourquoi tiens-tu à être un super gourou dans cette lutte-là? C'est louche, mais je vais être gentille, il se peut que tes intentions soient bonnes. Je t'appelle LE SAUVEUR. Il y en a à gogo et ils peuvent être un danger mortel s'ils entraînent de trop gros troupeaux! Le patriotisme et la religion ont plus de charme à petites doses."

Puis tonton docteur. J'ai eu du mal à le regarder.

"Toi, Bertílian, tu es une espèce particulièrement distinguée, toi!"

Du coin de l'œil, j'ai vu qu'il levait les mains, paumes tournées vers le haut en un geste de surprise. Eh oui, Johan, je sais qui tu es!

"Tu es LE QUESTIONNEUR! Celui qui n'a pas les réponses, mais qui a envie de savoir pourquoi il vit ou quel est le but de tout ça. Si, si, c'est ce que tu veux, même si tu dis vouloir te déprogrammer de toute croyance, tu ne m'auras pas! Mais continue de chercher, tu verras qu'à la fin tu trouveras une sorte de Foi qui te convient, il y en a partout, des kits de solutions toutes prêtes avec les réponses à toutes les questions imaginables! Mieux qu'un catalogue de voyages charters! Bientôt on va pouvoir les commander sur Internet, avec tous les accessoires, Saintes Écritures et dieux confectionnés à la carte avec autels et reliques en plastique, et des habits de prêtres lavables en machine !"

Sans moi, on n'était pas sept, si bien que j'ai ajouté un peu d'autocritique :

"Et moi, je suis de la catégorie des IMBÉCILES ! Ceux qui croient que si le but était qu'on sorte diplômés en surnaturel, on aurait eu les corrigés avec les épreuves et on aurait compris le sens de tout ça avec nos petits cerveaux humains. Comprendre le Divin – rien qu'à l'énoncé, vous entendez combien ça paraît impossible ! Je suis une imbécile joyeuse dans un paradis terrestre infernal et maintenant j'ai vachement sommeil et je vais aller me pieuter ! Je vous remercie de votre attention !"

J'ai bâillé. Je n'avais pas fermé l'œil la nuit d'avant. Mais j'avais oublié quelqu'un.

"Le Chien, l'Enfant, la Pénitente, le Sauveur, le Questionneur et l'Imbécile…"

J'ai compté sur mes doigts. Mon regard s'est arrêté sur la Grise, qui était assise tranquillement sans bouger, les mains croisées sur ses genoux.

"Je n'ai pas de nom pour toi… Tu es toujours là d'une façon ou d'une autre, et pourtant on t'oublie. Et j'ai le sentiment que tu sais quelque chose que nous ne savons pas. Mince alors, juste quand j'avais l'impression de vous avoir tous percés à jour !"

Elle a souri. Et pour une fois, elle a dit quelque chose que j'ai eu l'impression de comprendre :

"Tout le monde a droit à son énigme personnelle."

40

Madeleine

Puis ça a été fini, aussi soudainement que ça avait commencé. Mais pas sans coup de théâtre.

Le grand règlement de comptes de Wera avec nous autres s'est terminé en échauffourée généralisée. Karim était tellement indigné qu'il tremblait de tout son corps et il a même osé contre-attaquer : "Toi ! Tu es là à nous faire la leçon comme un grand prof méchant parce que nous avons notre Dieu ! Et à nous *ranger dans des cases* ! Tu es vraiment à plaindre, toi qui n'en as pas ! Mais Il n'arrivera jamais à percer ta fierté !"

Wera paraissait un peu secouée ou alors elle était simplement fatiguée. Elle n'a pas engagé la lutte avec Karim, elle a simplement essayé de lui expliquer que pour elle, ce n'était pas un choix.

"Karim, j'ai grandi et Dieu m'est devenu trop petit ! a-t-elle dit. Comme un enfant qui arrête de jouer avec son nounours et de croire au père Noël ! Je n'ai rien pu faire contre ça ! Tu imagines bien que je comprends quel est l'avantage d'avoir un dieu à soi sur qui s'appuyer. Mais il a disparu et on ne peut pas le ressusciter."

Karim n'a pas abandonné la partie. Je ne l'ai jamais entendu être aussi intransigeant.

"Tu crois que tu es meilleure et plus intelligente que nous tous !"

Elle a commencé à se fâcher.

"Si je le forçais à rester en tripotant sans arrêt un chapelet et en faisant des prières, je pourrais sans doute le conserver encore un peu ! Ou si je m'hypnotisais moi-même en me mettant à genoux pour l'appeler cinq fois par jour ! Mais comment peux-tu être sûr que ce n'est pas que le premier stade de la spiritualité, cette histoire de se représenter un dieu *personnel*, un seigneur, ou une déesse avec des commandements et des rites et tout ça ? Pourquoi certains d'entre nous n'auraient-ils pas le droit d'aller plus loin et de trouver autre chose ?

— *Aller plus loin… !"* s'est indigné Karim – mais à présent les autres aussi voulaient avoir leur mot à dire.

Adrian était pâle. Très magnanime, il a annoncé à Wera qu'il lui pardonnait et Annette, toute guillerette, lui a donné de petites tapes dans le dos. Mais pour la première fois, j'avais entrevu chez Wera une pensée qui n'était pas simplement balancée pour railler ou nier quelque chose.

"Elle a raison, ils essaient de nous retenir dans une foi d'enfant avec un tonton Dieu, ce n'est pas anodin ! ai-je chuchoté à Bertil. Si nous perdons cette foi-là ou si elle nous devient trop petite, comme elle dit, nous pourrons croire que nous avons perdu *toutes* les pistes qui mènent à la spiritualité ! Parfois quand j'étais au plus mal, j'allais à l'église et j'étais frappée par tous les poncifs qu'on nous jette de la chaire. Elles commençaient à m'écorcher terriblement, ces platitudes sur le Seigneur et son fils.

— Tu sais que tu parles presque comme Wera ?" a dit Bertil en souriant.

Le lendemain matin, Eve-Marie avait disparu, selon Annette elle avait discrètement pris le premier bus du matin. La seule chose qui restait d'elle était un post-it jaune collé sur sa porte. On pouvait lire, tracé d'une écriture audacieuse et énergique :

"La quintessence de l'existence est béatitude."

Bertil nous a quittés à sa façon. Tout au long de cette dernière journée, je l'ai vu parler au téléphone, et dans l'après-midi, des fourgonnettes sont arrivées à La Béatitude. On a livré des cartons dans la cuisine et Bertil a envoyé tout le monde sauf Annette faire une promenade. Bon, nous n'étions évidemment plus que quatre à aller nous balader, Wera et moi, Karim et Adrian – on aurait dit la comptine des dix petits nègres. Nous étions de moins en moins nombreux.

Le crépuscule était tombé à notre retour. Des fenêtres de la salle de réunion, une douce lueur jaune rayonnait. Nous avons monté l'escalier et soudain la porte s'est ouverte et le visage radieux d'Annette est apparu.

"Dépêchez-vous de faire un brin de toilette, puis mettez-vous sur votre trente et un !"

Nous avons fait comme elle demandait, je pense que nous savions tous que notre vie commune se terminerait plus tôt que prévu. J'ai mis mon kimono et j'ai essayé de laisser mon sac à dos dans la chambre, mais je n'étais pas encore prête à l'abandonner. Wera est apparue avec le châle bleu ciel noué comme une ceinture sur une robe blanche que je soupçonne être sa chemise de nuit. Karim aussi était vêtu de blanc, une longue et belle tunique. Il portait un épais bracelet en or et une calotte blanche et il regardait timidement Wera du coin de l'œil, comme s'il regrettait son attaque verbale contre elle. Adrian paraissait avoir tenté de laver sa robe bleue, elle était plus moirée qu'au début du stage. Annette portait son costume de prêche dramatique et Bertil… Bertil portait son tricot habituel.

Nous nous sommes réunis devant la porte de la grande salle et subitement elle s'est ouverte. Des bougies brûlaient dans les grands candélabres, du plafond pendaient des guirlandes, et des lampions multicolores se balançaient sur des fils tendus entre les quatre coins de la pièce. Sur certains il y avait des dessins d'écrevisses*, sur d'autres, des pères Noël, on pouvait aussi lire "Bonne Année !" (… tout est possible, et simultanément… comme dans mon rêve). Les longues tables bancales des scouts étaient recouvertes de nappes en tissu d'un blanc immaculé et dessus avaient été disposées toutes sortes de plats. Aucun n'aurait pu être préparé par Annette, étant donné nos maigres provisions – l'une des fourgonnettes portait l'inscription *Catering*. Et il y avait profusion de vins et de fruits et de spécialités exotiques, bien plus que nous ne pouvions en avaler.

* Allusion à la très conviviale fête de l'écrevisse qui se déroule au mois d'août en Suède. Amis et voisins se retrouvent le soir pour un repas d'écrevisses en plein air avec nappes, assiettes en carton, serviettes, lampions, etc. au décor de ce crustacé.

J'ai vu Annette mettre discrètement des restes dans des Tupperwares.

Pendant que nous mangions, un petit orchestre est arrivé, deux hommes et deux femmes. Ils avaient un violon, un cuivre et un haut tambour étroit. Je ne connais pas grand-chose à la musique, mais j'ai rarement entendu des airs plus frétillants et gais. La musique serpentait à travers la pièce comme un ruisseau qui chante, et nous obligeait à danser. Wera a été la première sur la piste, elle a exécuté un solo légèrement instable juste en face de l'orchestre. Dans ses bras elle tenait la tête d'élan qu'apparemment elle avait retrouvée. Adrian et Annette ont tournoyé, ils se tenaient par les bras en riant pendant que Karim marquait le rythme. J'étais assise à côté de Bertil et lui tenais la main.

Parfois je crois que je l'ai rêvée, toute cette fête. Elle ressemblait tant à mon rêve étrange du monastère sur l'île.

"Je dois quitter la fête maintenant, a dit Bertil. C'est mon au revoir à vous tous et je pense que Wera saura vous expliquer pourquoi je suis en mesure de vous offrir tout ça. J'ai la vanité de vouloir me retirer d'une façon mémorable, mais j'aurais préféré laisser des mots derrière moi, des mots utiles que vous auriez pu tourner et retourner comme des jouets ou des étoiles pour vous guider. Parce que vous m'en avez donné un trésor inoubliable. Je n'en ai pas à transmettre, vous avez compris, aussi bien que moi, que je ne suis pas un homme de mots. Mais parfois je sens que je suis sur la trace de leur contenu… J'aurais voulu pouvoir vous dire que ça concerne le fait de rechercher

– ce qui guérit le médecin

– qui apprend au professeur

– et qui fait rire le clown…

Nous pouvons échanger nos réponses, comme les enfants échangent leurs jouets, mais je ne pense pas que nous devons reprendre la réponse d'autrui avant de savoir quelle question il a posée ! Et si nous trouvions *réellement* les réponses à nos énigmes, nous serions des dieux nous-mêmes…

Maintenant je voudrais vous demander de m'accompagner un bout de chemin."

En silence nous avons pris nos manteaux et nos blousons et l'avons suivi dehors. Nous avons marché en file indienne dans l'herbe d'automne mouillée comme tant de fois déjà. Le clair de lune nous éclairait et on voyait comme en plein jour.

Dans le pré derrière La Béatitude, où les scouts faisaient leurs parties de ballon, un grand feu avait été allumé. Bertil nous a fait signe de nous y arrêter. Tout à coup, nous avons entendu un bruit de moteur venu du haut. Un hélicoptère blanc avec des stries et des chiffres rouges sur la queue est lentement descendu se poser sur l'herbe. Les rotors ont répandu des étincelles du feu partout, mais l'humidité d'automne les a éteintes aussitôt.

La porte de l'hélicoptère s'est ouverte et le pilote, un jeune homme en blouson de cuir, s'est penché au-dehors et a hélé Bertil. Il s'est approché de l'appareil et j'ai senti les pleurs monter dans ma gorge. Je ne le reverrais plus. Mais alors il a fait demi-tour pour revenir vers moi. Il m'a prise dans ses bras et nous sommes restés enlacés je ne sais combien de temps.

Subitement, je me suis sentie toute légère, comme si je volais! Bertil m'avait ôté le sac à dos et il m'a enveloppée de son tricot. Avec le sac à la main, il est parti en courant vers l'hélicoptère. Le pilote a réceptionné le sac et a ensuite aidé Bertil à monter. Les pales se sont mises à tourner dans un vrombissement épouvantable, et un souffle tourbillonnant a balayé le pré, puis ils ont décollé. Le point blanc est resté visible longtemps dans le ciel nocturne, vers l'est, vers la mer.

41

Wera

En quittant La Béatitude le lendemain matin, j'avais Madeleine avec moi dans l'Audi. Adrian et Annette se tenaient sur l'escalier et agitaient les mains, Adrian portait le tablier aux tournesols et semblait assez discipliné. Obéissant, comme un chien. Il ne savait sans doute pas ce qui l'attendait, mais je pense qu'Annette, elle, le savait.

Dès la grille franchie, on s'est disputé, Madeleine et moi, au sujet du chemin à prendre. Les forêts touffues autour de La Béatitude sont parcourues de routes plus ou moins larges, des sentiers pédestres, des voies pour deux-roues, des pistes de débardage et des chemins carrossables, mais pas un seul panneau indicateur !

"Nombreux sont les chemins qui mènent à La Béatitude", a soupiré Madeleine avec nostalgie.

Il n'y a eu que ces quelques articles dans *Circulaire*, plus un résumé arrangé de mes propres réflexions autour de nous sept. J'ai été bien rémunérée et la série a suscité un certain intérêt, mes amis m'ont raconté combien mes descriptions les ont fait rire. Cela m'a mise mal à l'aise. Je n'étais évidemment plus la même – et j'étais loin de le regretter.

Mais j'ai dû prendre sur moi pour ne pas livrer ma version de la vie de Bertil et de ses derniers jours. Selon ses ordres, l'hélicoptère avait mis cap sur le golfe de Botnie, et arrivé au-dessus de la mer, Bertil a ouvert la porte et sauté. Son corps n'a jamais été retrouvé, parce qu'il portait le sac à dos de Madeleine et il a dû couler à pic. (Elle refuse toujours de raconter ce qu'il contenait, mais apparemment c'était lourd.) Le pilote de l'hélicoptère a subi un choc, mais l'avocat de Bertil a pu le dégager de toute responsabilité, en s'appuyant sur le testament. Je ne pense pas à lui comme Johan Bertílian, et il ne l'était peut-être pas non plus pendant les derniers jours de sa vie.

Dans son testament, il expliquait très clairement pourquoi il avait choisi de mettre fin à ses jours. Il n'avait pas de famille ni de devoirs envers qui que ce soit, et il ne tenait surtout pas à vivre la phase finale de sa maladie. "Je ne vois aucune valeur en soi dans une telle douleur et une telle dégradation physique, écrivait-il. Je veux mourir en étant encore celui que je suis. Et je ne veux pas de tombe."

J'avais donc le scoop de l'année en main, et pourtant j'ai su tenir ma langue ! Pour un changement, c'en est un, mais je ne sais toujours pas si c'est un bien ou un mal. Parce que je pense encore que c'est important d'être un de ces journalistes qui retournent les cailloux pour voir ce qu'il y a en dessous. Et qui ne gardent pas pour eux ce qu'ils ont appris, face au grand public.

Mais pour ce qui est des secrets de Bertil, j'ai été obligée de tenir ma langue. À cause de Madeleine, et de ce qui s'est passé quand le testament a été rendu public.

Il nous a fait profiter d'une partie de sa fortune, nous, ses compagnons de quête de La Béatitude. Et je me sens pleine d'admiration en pensant à son stratagème pour nous donner accès à l'argent. C'est Bertílian qui a imaginé ça, l'homme qui savait prévoir les événements.

Adrian et Annette ont reçu une grosse somme, qui devait servir à acheter La Béatitude et à y poursuivre leur activité. Aucune dépense ne pouvait se faire avant que tous les deux aient signé leur accord. Futé! Adrian ne pourrait pas construire un monument à sa propre gloire, Annette interviendrait d'une main ferme si sa robe de moine devenait trop étriquée. Pour le reste, elle semble honnête et loyale : elle utilise l'argent exclusivement pour leur activité et se procure un petit revenu supplémentaire en vendant des paniers d'osier garnis d'un "kit spirituel de base"! Le panier contient un petit tapis de prière, les quatre éléments feu, terre, air et eau sous la forme d'une bougie, un joli caillou, une plume d'oiseau et un coquillage. Annette, cette déesse pragmatique! On peut aussi acheter un kit plus poussé : un livre de prières vide avec stylo, des lunettes astronomiques et un dé. (Là, je ne sais pas trop à quoi elle a pensé.)

J'ai entendu dire que les paniers d'Annette se vendent comme des petits pains dans les boutiques de cadeaux et sur les marchés! La spiritualité est très tendance en ce moment et un kit pour la maison ou un kit de voyage plus petit est bien dans l'esprit, si je puis dire.

Karim a reçu la plus grosse donation : un fonds solide pour une mosquée/église destinée à la fois aux musulmans et aux chrétiens, à être bâtie selon ses instructions. La bataille est déjà engagée dans les médias pour savoir si un tel projet est possible. Des mollahs et des pasteurs se sont époumonés là-dessus du haut de leurs chaires respectives. J'ai vu Karim à la télé l'autre jour, il se tordait les mains et disait d'une voix tremblante qu'il serait peut-être plus judicieux de construire un bel établissement de bains, avec des salles de prière séparées pour les différentes croyances ? Comme d'habitude, il semblait au bord des larmes, il est vraiment resté en liaison étroite avec le pleurnichard en lui, ce garçon-là (rechute dans mon comportement W.A.L.B., Wera Avant La Béatitude).

La Grise, Eve-Marie, n'était même pas mention-née dans le testament, et c'est bien dans l'ordre des choses. Je ne serais pas surprise d'apprendre un jour qu'en réalité on n'était que six.

Et Madeleine et moi ? Bertil, espèce de rusée canaille ! Tu as fait en sorte que nous nous surveil-lions réciproquement, comme le font Annette et Adrian. Ensemble, on a reçu suffisamment de fonds pour démarrer un magazine à destination de ceux que Bertil appelait des Chercheurs de sens. Ça ne doit pas être un magazine scientifique sur les reli-gions, il y en a déjà trop. Il soulignait particulière-ment que "chercheurs et intellectuels" peuvent très bien être sans éducation, oui analphabètes même, et que parfois les plus érudits ne sont pas plus intellec-tuels que des perroquets. Les articles doivent poser les grandes questions sans présupposer de connaissances théologiques, et donner des réponses fignolées maison. Ils doivent être écrits dans une langue accessible à tous et exempts de termes obscurs ou incompréhensibles. Je me charge de ce bout-là, et pour l'instant, c'est moi qui écris pratiquement tout. Je ratisse large par provocation et ça semble fonctionner, on reçoit un flot grandissant de textes, de gens avisés comme de fêlés complets. Madeleine s'occupe du côté pratique et me remonte régulièrement les bretelles. Ma parole, elle a vraiment appris à mener sa barque depuis La Béatitude !

J'ai évidemment mes doutes sur une possible rentabilité d'un fanzine consacré aux divinités. D'ailleurs, c'est sur le Net parmi les jeunes que je vois les discussions les plus vives sur la question – le débat philosophique semble avoir quitté les sanctuaires pour s'aventurer pieds nus dans les blogs ! Alors pourquoi achèteraient-ils notre magazine ? C'est ce que je demande à Madeleine alors qu'elle nous sert du pain frais dans notre kitchenette. Elle renifle de mépris et prétend que même la jeunesse aime bien voir sa prose imprimée noir sur blanc et par ailleurs, tout survit bien plus longtemps ainsi ! Mais elle fait un gros effort et elle soigne tendrement notre projet, en souvenir de Bertil, je suppose. Elle porte son tricot aussi, il le lui avait mis sur les épaules juste avant de partir pour son voyage au ciel. Qui s'est terminé au fond de la mer.

Le seul souvenir de La Béatitude dont je n'ai pas pu me séparer est un post-it jaune qui est maintenant affiché au-dessus de mon lit, comme une maxime à méditer :

"La quintessence de l'existence est béatitude."

Il serait temps d'essayer d'être à la hauteur.

Post-réflexion

J'ai toujours été agacée par les longues et vaniteuses pré- et postfaces, surtout dans la littérature anglo-saxonne, où l'on remercie en long et en large tout le monde depuis la famille et les amis jusqu'au liftier de la maison d'édition, afin d'apparaître comme le personnage central d'un grand cercle de dévoués. Mais cette fois, je n'y échapperai pas – je dois dire quelques mots de certaines personnes qui ont croisé mon chemin et qui m'ont inspiré ce livre :

Sora Patricia du sanctuaire Madonna del Divino Amore à Rome, qui a commencé comme ardente féministe dans la révolte des étudiants italiens et qui a trouvé tout aussi logique de poursuivre cet engagement comme nonne. James H., le père jésuite qui, lors d'une conférence à l'ONU, a débuté son allocution avec les mots *"Dear Father and Mother God"* (Alors que tous les autres orateurs plastronnaient avec des "Excellences, mesdames et messieurs".) Mon voisin, monsieur T, chef haut placé dans une multinationale japonaise qui donnait tous les jours du raisin et des biscuits secs en offrande à ses ancêtres et qui s'inclinait profondément devant les chauffeurs de taxi. Reza Y qui se trompait de chaussures. Le petit Vinud au Kerala qui accomplissait la puja et menait le pèlerinage à Sabarimala, un sourire aux lèvres. Ma collègue Isa Edholm qui dans de nombreuses émissions fantastiques a parlé entre autres du culte simple et pragmatique des quakers. Janne, mon ami le bedeau, qui, je l'espère, me pardonnera certains paragraphes. Et Leffe, qui a su conserver sa dignité, son acuité intellectuelle et son humour dans des souffrances intolérables. Ils ont tous été humbles, joyeux, tolérants et curieux. Malgré la complicité de tels interlocuteurs, j'ai tout au plus jeté une lueur faiblarde et vacillante de lampe de poche (1,5 V) sur quelques rares aspects de la spiritualité, j'en suis consciente.

Une personne doit cependant être remerciée pour sa participation directe au livre : Ylva, qui a écrit les textes de la Dame grise aux pages 104-106, 193-195 et 202-203. Elle œuvre en fait essentiellement dans d'autres domaines artistiques et je lui suis très reconnaissante d'avoir pris de son temps pour faire cela. J'ai beau le vouloir, je suis incapable d'écrire comme elle.

Cette postface me sert peut-être aussi à repousser l'instant de la dépression post-partum, celle dans laquelle on se trouve toujours plongé quand il faut se séparer d'un livre qu'on a porté en soi pendant longtemps.

KATARINA MAZETTI

PS : C'est Erik Gustaf Geijer, notre cher poète romantique, qui a dit : *Ressentir du chagrin est un péché, car la quintessence de l'existence est béatitude.*

BABEL

Extrait du catalogue

COÉDITION ACTES SUD – LEMÉAC

Ouvrage réalisé
par l'Atelier graphique Actes Sud.
Achevé d'imprimer
en mai 2013
par Normandie Roto Impression s.a.s.
61250 Lonrai
sur papier fabriqué à partir de bois provenant
de forêts gérées durablement
pour le compte
des éditions Actes Sud
Le Méjan
Place Nina-Berberova
13200 Arles.

Dépôt légal
1re édition : mai 2013
N° impr. : 132129
(Imprimé en France)